文化河北

第二辑 明清文学

河北省青少年爱党爱国教育丛书

张增良◎主编　解玉娇◎编著

花山文艺出版社

图书在版编目（CIP）数据

文化河北：第二辑 明清文学 / 解玉娇编著．—
石家庄：花山文艺出版社，2018.7（2020.6重印）
（河北省青少年爱党爱国教育丛书 / 张增良主编）
ISBN 978-7-5511-4088-1

Ⅰ．①文… Ⅱ．①解… Ⅲ．①文化史—河北—青
少年读物 Ⅳ．①K292.2-49 ②I209.922-49

中国版本图书馆CIP数据核字（2018）第158255号

丛 书 名：河北省青少年爱党爱国教育丛书
书　　名：文化河北：第二辑 明清文学
主　　编：张增良
编　　著：解玉娇

责任编辑：郝卫国
责任校对：李　伟
封面设计：景　轩
美术编辑：胡彤亮
出版发行：花山文艺出版社（邮政编码：050061）
　　　　　（河北省石家庄市友谊北大街330号）
销售热线：0311—88643221/29/31/32/26
传　　真：0311—88643225
印　　刷：大厂回族自治县正兴印务有限公司
经　　销：新华书店
开　　本：787×1092　1/16
印　　张：6.75
字　　数：70千字
版　　次：2018年10月第1版
　　　　　2020年6月第2次印刷
书　　号：ISBN 978-7-5511-4088-1
定　　价：19.80元

充分利用乡土教材

培育爱党爱国情怀

顾秀莲 二〇一七年七月二十四日

丛书编委会

顾　问：叶连松　杨新农　龚焕文　李月辉
　　　　王加林　白润璋　刘健生　侯志奎
主　编：张增良
副主编：尹考臻　张雨贵　刘志国　王　靖

序言　为了祖国的明天和未来

　　活泼可爱的儿童是祖国的花朵，朝气蓬勃的青年一代是中国的希望和未来。少年强则中国强，青年智则民族兴。关心青少年，就是关心祖国的明天；爱护青少年，就是爱护民族的未来。以习近平总书记为核心的党中央，非常重视青少年的培养和教育，始终把关心和培养祖国下一代，置于民族发展战略的高度来抓，强调"做好关心下一代工作，关系中华民族伟大复兴"，要"团结教育广大青少年听党话、跟党走"。习近平总书记语重心长地对孩子们说："今天做祖国的好儿童，明天做中国的建设者。美好的生活属于你们，美好的中国梦属于你们。"并指出：要对青少年进行党史和国史教育，以使他们更高地举起旗，接好班，使中国更雄伟地屹立于世界民族之林。中国关心下一代工作委员会主任顾秀莲同志指出："党史国史内容丰富、博大精深，是我们党丰富的思想宝藏。党史国史教育作为青少年理想信念教育的基础工程，必须坚持以立德树人为根本任务，占据理想信念制高点，突出重点，务求实效，充分发挥党史国史教育的综合育人功能，以史树德、以史增智、以史育美、以史创新，促进青少年德智体美劳全面发展。"中共河北省委书记赵克志同志指出："要认真学习贯彻习近平总书记关于做好关心下一代工作的重要指示，坚持服务青少年的正确方向，着力加强青少年思想道德建设，教育引导青少年树立和践行社会主义核心价值观，听党话、跟党走，做中国特色社会主义事业的合格建设者和可靠接班人。"组织编写《河北省青少年爱党爱国教育丛书》，就是河北省关心下一代工作委员会认真贯彻落实习近平总书记重要指示精神的一项举措。

要抓好党史国史教育，就必须把丰厚的教育资源转化为教育成果。河北省属京畿重地，濒临渤海，背靠太岳，携揽"三北"，战略地位十分重要。河北是一片孕育文明的热土，最早迎来人类文明的曙光。当一万多年前人类还处于茹毛饮血的原始状态时，河北的先民就学会了农业种植，掌握了家禽养殖，用聪明才智和勤劳的双手，创造出了东方人类的生活文明。河北是一片神奇的土地，大自然的鬼斧神工造化出迷人的景色，闪烁着无穷的魅力，让世人叹为观止。太行燕山，赤壁丹崖，谷幽峰奇；渤海浪涌，海鸥翻飞，巨轮鸣笛；更有璀璨明珠般的淡水湖泊白洋淀、衡水湖，横卧在著名的华北大平原上，焕发着迷人的英姿。这里不仅有良好的生态环境，还拥有深厚的文化底蕴。河北也是一片文化的沃土，珍藏和记载了几千年的传奇。翻开厚重的史册，在河北这片土地上，不仅出现过像曹雪芹这样的文学大家，李春这样的能工巧匠，更有众多生活在基层的平民百姓，创造和推动着文化繁荣。而被尊称为戏剧活化石的傩戏，更是吸引了全世界的目光。河北更是一片红色的热土，耸立着一座又一座英雄丰碑。摧枯拉朽的燎原烈火，就是从这片英雄的土地上较早地点燃。伟大的革命先驱李大钊，以在中国传播马克思主义和创建中国共产党的伟大实践，奠定了他在中国革命历史上的崇高地位，更以其"铁肩担道义"的牺牲精神，成为中华民族的革命先驱。在河北这片热土上，不仅有全国第一个农村党支部——安平县台城村党支部的诞生地，也有中国北方苏维埃政权的试验田。河北不仅有良好的革命传统，而且英雄辈出，抗日战争期间，白洋淀水上游击"雁翎队"、回民支队、狼牙山五壮士等英雄事迹蜚声国内外。而中国革命战争最后一个农村指挥所——西柏坡，更是在广大人民心中享有和韶山、瑞金、延安一样神圣地位的红色纪念地。以毛泽东同志为核心的党中央在西柏坡时期的辉煌历史和成功经验，铸就了伟大的西柏坡精神。西柏坡精神是井冈山精神、长征精神、延安精神的继承、延续和发展，具有鲜明的时代特征。在这片光荣而多彩的土地上，有着取之不尽、用之不竭的教育资源，为加强对青少年进行党史和国史教育，提供了雄厚的基础和良好的条件。如何努力把这些资源优势转化成教育成果，是我们义不容辞的一项任务，也是我们必须肩负的历史责任。

要抓好党史国史教育，就要针对青少年的特点，有的放矢地开展工作。只有实施精准教育，才能收到理想的效果。青少年是一个特殊的群体，正处于长身体长知识的重要时期。如何对他们开展党史和国史教育，是一项科学而重要的工作。要使这项工作取得良好成效，必须要把握好四个重点：

第一，要明确教育的宗旨和目的，培养孩子们的理想和信念。对青少年进行党史国史教育，根本目的就是要让他们知道：今天的幸福生活不是从天上掉下来的，而是我们的先辈凭着勤劳、勇敢和智慧，经过漫长的岁月创造出来的。今天的和平生活，也不是凭空而来，而是无数革命先烈用他们的热血和生命换来的。要让他们从小就懂得珍爱和平岁月，不忘革命历史，在幼小的心灵播下革命的种子，牢固树立感党恩、跟党走的理想和信念。

第二，要针对青少年求知欲强的特点，尽可能地开拓他们的知识视野。我们编写的《河北省青少年爱党爱国教育丛书》是青少年的课外读物，通俗易懂，趣味性强。各级关工委和广大"五老"要用青少年容易接受的思维和方法，运用青少年喜欢的语言，讲好青少年喜闻乐见的故事。

第三，要注重家庭、注重家教、注重家风，促进家校合作，办好家长学校，推动家庭文明建设。家庭是社会的细胞，家和万事兴，家庭是子女教育的摇篮。要高度重视家规、家教、家风教育和传承，弘扬优秀家规、家教、家风；涵养新时代的美好家风，是落实和践行社会主义核心价值观的重要基础。治国先治家，优良的家规、家教、家风是治家教子、立身处世的载体，是中华民族优秀传统文化的重要内容，这不仅是对青少年教育的真谛，而且对未来成年人、对党员干部的品德、修养，直至遵规守法、廉洁自律、忠诚报国、公正法治、诚信友善等都将奠定深厚的基础。因此，学校、家长和广大"五老"一定要把这套系列丛书内容融入家庭、家教、家风的教育中，努力办好家长学校，推动社会主义核心价值观在家庭文明建设中落地生根。

第四，要长期坚持，让青少年在潜移默化中受到教育。教育青少年一代热爱党、热爱祖国，是一项长期的战略任务，必须长期坚持，才能收到理想的效果。编写这套爱党爱国教育丛书，只是众多方式和方法中的一个有益尝试。除了与时俱进，认真编写，争取年年都有新内容，书书都有新特点外，还应该利用影视、戏剧、广播等多渠道、多形式更广泛地开展党史国史教育。

为适应上述四点要求，在切实抓好党史国史教育的同时，还必须认真总结经验，吸取各地先进经验，力争不断提高。对青少年进行党史和国史教育，每年都应该有所进展，有所提高。这就要求我们必须认真总结经验，不断探索新途径，尝试新方法。这套丛书的出版，让人们欣喜地看到，河北省关工委给青少年朋友办了一件好事、实事。我深深感受到，这套系列丛书总体上编写思路清晰、目标任务明确、教育重点突出。各位编著者在编写上是下了功夫的，在组织稿件上切实把握住了党史国史教育的宗旨、内涵以及青少年的阅读特点，体现出了为青少年量身定制的特点。而且这不同于一般的教材，每一册都围绕着编写主旨，集中表达一个主题，体现了时代性和适应青少年阅读兴趣，是一套容易受到青少年喜欢的读物。按照这样的思路，接连不断地编写下去，日积月累，必定能够收到"润物细无声"的理想效果。我们一定要把这件事作为关心和培养下一代的一项重要工作抓紧抓好，为孩子们架起一道道理想的彩虹，谱写出一曲曲迎接光辉未来的动人之歌！

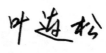

2017年7月19日

前言　燕赵文化濡染下的明清文学

　　文学的发展是体现文化传承的一个很重要的方面。在众多的文人墨客笔下，我们能很清晰地感受到这些文字给我们带来的文化力量。我们常常在想，文化自信从何而来？也许我们能从这些古老的文学作品中找到答案。

　　中国悠久绵长的文学史是传承中华传统文化的重要载体，中国文学史所取得的巨大成就就在于它凝聚着民族和文化认同感，蕴含着中华民族五千年来不断延续的文化基因。对于河北来说，也不例外。河北的文学发展同样有着悠久的传统和辉煌的成就，其独特的文学和艺术特征在反映不同时代风貌的同时，也突出地展现了燕赵文化的地域特点。

　　明清时期河北的文学创作是在燕赵文化的濡染下形成的。从上古神话开启河北文学以来，一直到元代，河北作家的光芒与风采，成为中国文学史上一道亮丽的风景。而这几千年来所积淀的燕赵文化精神也渗透到了明清时期河北的文学创作中。

　　"燕赵自古多慷慨悲歌之士"是河北人经常挂在嘴边的一句话，也是让河北人感到自豪和骄傲的地方，所以"慷慨悲歌"正是燕赵文化的典型特征。"慷慨悲歌"被后人概括为"燕赵风骨"，在明清时期的文学创作中就体现出了这些河北的文人墨客身上所特有的

"燕赵风骨"。

明清两代，全国的文学中心基本上在南方的江浙地带，大量的江南才子涌现文坛，而北方的作家数量远不如南方。但在河北地区，仍然不乏一些优秀的作家、作品出现。永乐十九年，都城由南京迁到北京，河北作为京师之地直隶中央，为了与南京的南直隶相区别，称为北直隶，所以那时的北直隶除了包括河北省大部分地区以外，还包括今北京、天津两市，以及河南、山东的小部分地区。后来北直隶改为河北省。所以当我们去探索河北作家作品的时候，也应当把那些并非今河北籍但在明清时期隶属于河北的作家归入，这样才能从整体上去把握河北的文学创作情况。

明朝时期成就较高的作家有诗人李延兴、石珤，《中山狼传》的作者马中锡，与马中锡是同乡的诗文评论家孙绪，以及政治家杨继盛、散曲家薛论道和赵南星等人。文学往往与政治关系密切。由于明朝时期宦官专权，政治腐朽，奸人当道，除了在政治上要求改革时弊，文人作家群体也担负起了批判现实、拯救社会的使命，无论是像薛论道、杨继盛这样的名人大家还是那些不为人知的文人墨客，在忧国忧民的现实主义精神引领下，他们用纸上的文字抨击时弊，与黑暗势力斗争，无不彰显着燕赵大地"慷慨悲歌"的传统。

到了清代，康乾盛世的出现使河北的文坛也呈现出了繁荣发展的景象。如清初的"河朔诗派"，梁清标、边连宝、边汝元、边浴礼这样的家族诗人，还有像翁方纲、舒位、纪昀、张之洞这样的知识文人兼上层官员。除此之外，也有像朱筠、朱珪这样的下层文人、官员。小说创作上取得的最大成就就是曹雪芹的《红楼梦》。清朝的文学创作还有一个不容忽视的现象，就是清代"桐城文派"，桐城文派通过书院发展传播，并且传到了河北保定的莲池书院，生根发芽。晚清时期，列强侵入，社会动荡不安，河北的文坛也呈现出末世悲怆的氛围，作家文人也在不断的挣扎尝试中寻求一条救亡图存的道路，我们能深切地感受到他们融入血液中的"燕赵风骨"。

　　文学作为文化的一个重要部分，在给我们带来文字的审美享受的同时，也将我们优秀的民族和地域传统文化吸纳了进来，透过文字，我们能感受到中华民族源远流长的历史，能体会到燕赵大地所孕育的文化奇葩。这些在优秀传统文化基础上所形成的文学作品，夯实了我们文化建设的根基，为我们文化自信带来了更为强大的支撑。

目　　录

第一章　明代的河北诗歌创作

明朝时期，在河北的文坛上涌现出一批爱国诗人，他们经历了不同的历史阶段，所创作的诗歌作品也各具特色。

明朝初期，刚刚经历了战乱和纷争，经济、文化还处于恢复时期。此时文坛上有所成就的作家比较少，李延兴、石珤等人的诗歌创作引人关注。到了明朝中期，商品经济和社会思潮逐渐活跃，文坛也恢复了兴盛，出现了苏志皋、尹耕、刘乾等文人，他们在诗文创作和理论上都有一定建树。明朝末年，社会动荡不安，明王朝面临覆灭的危机，于是孙承宗、鹿继善等一批为人刚正果敢的政治家、诗人以自己的实际行动来挽回明王朝的灭亡，同时也给河北的诗歌创作带来了新的变化。

一、明代前期的诗歌创作

明朝初期的文人们经历了战乱，但是并未让文坛沉寂，而是各抒心得，各有体会。北直隶文人李延兴便是其中一个。李延兴，初名守成，字继本，号一山，其先世为河南人，元初迁至北平，后入东安（今河北廊坊）人。李延兴的父亲名士瞻，是元翰林学士承旨。李延兴与其父亲一样，也是有学识之人，官至太常奉礼兼翰林院检讨，但因元末政局混乱，他弃官归隐。到了明朝，他拒仕于朝，被郡邑聘为教官，声名远播。河朔学者不远数百里来跟他学习，李延兴以师道尊于北方，被称为"广文先生"。

就诗歌创作而言，李延兴的成就是非常值得关注的。明清两代不少诗歌选本都选录了李延兴相当数量的诗歌作品。《四库全书》存李延兴《一山文集》9卷。从诗歌创作艺术特色上来说，李延兴反对诗歌过于强调法度。他认为，诗歌所表现出来的精神面貌与时代风气有关，时代风气反映了诗人的"志"。他的作品也多为反映时代特色的现实主义作品。在那个战乱动荡的年代，李延兴用诗歌表现出对残破山河的悲伤情怀和对友人、家人的关怀。他在五言古诗《送李顺文》中写到：

> 白昼烧通衢，胡马相践躞。
> 屋化飞尘灰，莽莽草木茂。
> 往年大姓家，存者无八九。
> 兵兴岁无虚，穑事废南亩。

李延兴用沉重的笔触描绘了元末红巾军起义后山东地区百姓在战争中承受的苦难，抒发了其沉痛之情。除此之外，还有《咏怀》中写出了一个游子漂泊在外，对母亲的思念之情。《秋日杂兴》中写出了战乱的苦楚。元末的混乱政局是诗人李延兴归隐的直接原因，李延兴选择归隐并非是逃避现实，而是看清了元朝走向灭亡的政局。虽然不能入朝为官，但是并未掩盖其积极进取的人生志向。李延兴的写景诗古雅而富有趣味，乱世中的无奈也表现在其中，在《渔阳客邸》《黄崖寺》《春日纪怀》等诗篇中诗人想要得到暂时解脱，寻求一方净土，寻一时清静。

除了李延兴，此时期还有河北的诗人傅珪和顿锐，虽然留存的诗作不多，但从部分诗文中也能看到其文学成就。

傅珪，字邦瑞，号北潭，清苑（属今河北保定）人。成化二十三年进士，任翰林院编修、吏部侍郎、礼部尚书等职，著有《北潭集》《傅文毅公集》等作品。在《明史》中记载，傅珪坚持气节，不畏权贵，敢于直言批评帝王，能够阻止刘瑾专权，"有古大臣风"。傅珪遗留的诗篇多为近体诗，语言直白，多用前人诗句，例如："月下东山报晚晴，曲终刚见一峰青。"（《抱阳山夜酌次西屏韵》）就是取自钱起的"曲终人不见，江上数峰青"。

傅珪还以河北的易水河为对象，写下了"征羽声中悲士怒，不知别后几同雠"（《易水诗》）"日暮无端风乍起，萧萧犹自使人愁"（《渡易水》）的诗句。

顿锐，字叔养，涿州（属今河北直管市）人，正德六年进士，曾任江苏高淳知县，有"涿郡有才一石，锐得八斗"的美誉，平生所著有《鸥汀集》《鸥汀别集》《鸥汀渔啸》《涿鹿先贤传》等。

顿锐才学很高，为后人所推崇。他所作诗歌音律铿锵，尤其是律诗，对仗工整却不失自然。《岩头寺宿》一诗把山的百转千回和寺庙的烟雾缭绕表现得恰到好处：

山行三十里，路过百千峰。
缥缈岩头寺，微茫天际钟。
涧风吹短鬓，岚气湿长松。
问我今宵宿，云烟定几重。

在《过贾岛墓》中，写出了明代人对这位一生潦倒的唐代诗人贾岛的评价：

泪尽穷辕得旧京，旋披丛灌拜先生。

桐乡远在今西蜀，梓里遥邻旧北平。
奔走髀消何事业，推敲骨瘦是诗名。
太行秋色桑干水，野老相呼后世情。

顿锐的绝句多为写景抒情，例如《正月十七日》《石桥村清泉寺》等诗作，清新自然，意境优美。

二、茶陵诗派作家石珤

正统初年后，以李东阳为首的茶陵派出现，逐渐活跃于文坛，被李东阳称为"后进可托以柄斯文者"的茶陵派作家石珤就是其中的一个代表人物。

石珤，字邦彦，藁城（今河北石家庄藁城区）人，代表作品《熊峰集》，因喜爱封龙山熊耳峰的风景，所以别号"熊峰"，

石珤画像

人称"熊峰先生"。石珤出身于名门望族、官宦人家。父亲石玉，官至山东按察使。石珤少年时，受父亲影响，自幼敬仰历代为民请命的清廉官吏。他与胞兄石玠，以文章学识而闻名乡里。成化二十二年（1486年），兄弟二人一起考中进士。石珤改庶吉士，入翰林院。弘治二年，授职检讨官，参与编修《大明会典》。弘治五年（1492年），因病而居于家中。其间，他经常抱病游历名山，尤其游览封龙山最多，创作了名噪一时的《登封龙山

赋》及《熊耳峰》等诗赋。

石珤正直敢言，在朝中颇负声望。石珤的诗文创作受其刚正不阿的性格影响，再加上当时政局复杂，官宦专权，民不聊生，石珤一心想要报国，却在黑暗的现实面前无能为力，不禁感慨自身的困顿，感叹黎民苍生的不幸，在诗中，也将自己忧国忧民、英雄无门的苦楚表现了出来。在《自惜》《浩歌行》《行路难》中写出了路途的艰辛，人生道路坎坷，知音难寻，以光阴的流逝来感慨自己的仕途和壮志未酬的悲哀。

石珤在很多诗歌中都表现出了怀古之情，怀古诗是他对历史的重新审视，并且他的怀古诗往往写景与抒情融为一体，描写了诗人的家乡，河北的山水之景。

> 名山万仞白云封，千古人来忆卧龙。
> 郭震志豪频倚剑，李躬望重几临雍。
> 弦歌未坏藏经壁，萍水徒悲过客踪。
> 独讶题诗安处士，断碑多在最高峰。

这首《望封龙山》将家乡之景封龙山与怀古之情相融，在豪迈的气势中透着几分悲凉。除了对封龙山的描写，石珤还对滹沱河的景色情有独钟。在《夜游滹沱》中："西日光已微，跨马出村境。唧唧林鸟鸣，仰见河汉影。南巡古堤麓，地峻行屡警。踏软知近沙，野阔夜逾静……"以细致的笔触写出了滹沱河的夜景。

纵观石珤一生，以士大夫人格而自立，以报国才华而入仕，以刚正清廉而入阁，最后，因刚正直谏而罢官。他的诗文也如他的人品一般，名垂千古。

三、明代中期的诗歌创作

明代中期也有一些优秀的诗人涌现诗坛。

苏志皋，字德明，号寒村，又名岷峨山人，祖籍北直隶延庆，明初迁至固安（今河北固安）。著有《寒村集》四卷、《抱罕集》等。苏志皋在诗文中一方面多表现对下层百姓的关注，反映出民间风情，他善于吸纳民间文学的养分，在诗文中表达出一种清新朴素的民间画面。另一方面，长期的从军生活，也造就了他边塞题材的诗歌。苏志皋将自己的沙场经历融入诗文中，展现出了战争的残酷。

尹耕画像

尹耕，字子莘，号朔野，蔚州（今河北张家口蔚县）人。尹耕自幼聪明好学，七岁即能为文，日诵千言而不忘。尹耕的仕途可谓一帆风顺。但是，由于他嗜酒，又年少气盛、耿直豪爽，到任不久即遭诬告，被发配到辽东，几年后才获准回乡。从此，刚30岁出头的尹耕就将仕途之路走到了尽头。他盖了一座书房，以家乡之山为名，曰"九宫山房"，在这里专心读书、认真著述，以另外一种方式报效国家。但是，当地方上遇到大的事情时，他依然积极参与，遇到危险时，他依然挺身而出，报国之志从未消沉。尹耕的诗多与塞外征战有关，他写了多部谈兵的书：《译语》《南秦记略》《大同平叛志》《塞语》和《乡约》等。为了给国家防务提供更准确的历史和地理资料，尹耕走出家门，几度到边关考察，写出了著名的志书《两镇三关志》，两镇指拱卫京师的大同镇和宣府镇，三关指雁门关、宁武关和偏头关，这部书共14卷，留下了大量的珍贵史料。尹耕还对李白甚为崇敬，他的《过采石吊李白》："月在江心酒在船，忆曾把酒问青天。如何一自骑鲸后，直到于今千百年。"通过化用李白的诗句，写出了诗仙的风采。

刘乾，字仲坤，号易庵，唐县（今河北保定唐县）人，著有《鸡土集》6卷。据《鸡土集》小序中记载，以"鸡土"命名的原因是他梦中"入太极宫见玉鸡，以为文章之兆"。刘乾的诗作内容很庞杂，涉及很多方面。在《鸡土集》中，有些诗篇反映了刘乾对生命意义的思考，他认为摆脱烦恼的出路是脱离尘世。在一些怀古诗中，也带有一丝浓厚的慷慨悲凉之情。

王好问，字裕卿，别号西塘，滦州乐亭（今河北唐山乐亭县）人。王好问为官廉正，不畏强暴。据说，当时有某大官在府第门前张灯结彩，陈演百戏（各种杂耍），都城男女前来围观，因人多拥挤，有人被践踏致死，多人受伤，酿成重大伤亡。该大官向王好问求情不要奏明皇上，好问不徇情，将此事明奏皇上，请予惩处。王好问虽官居显位，而衣食俭朴，为官清正，家无积蓄。他一生好学，对书籍爱不释手，著作甚多，其名著《春煦轩诗集》36卷，在当时十分盛行。《春煦轩诗集》存古体诗60余首，近体诗140余首。他常以吟咏性情为主调，通过写景抒发自己对生活的感受。在《逢樵者》中，作者以宁静淡泊的笔触描绘了一幅大自然的美丽图景，体现了诗人的闲适情趣。

秋雨洗林麓，草色澹寒碧。
飒飒风吹衣，泠泠泉激石。
偶同樵者行，云闲意俱适。
猿啼幽谷静，鹤唳空山夕。
微钟发暝烟，明月送归客。

宋诺，字子重，号金斋，故城（今河北衡水故城）人。著有《金斋集》4卷。其作品多为赠答酬谢之作，辞藻艳丽，华而不实。但一些写景诗清新秀丽，让人感受到了生机勃勃的大自然。在诗歌《春》《夏》中，他以对自然山水的描写来抒发自己的情怀。

醉饮茶方罢，携琴上翠岑。
不惜芳时恨，常怀太古心。
鸟度花间语，云移水面阴。
桥畔有平石，相期披素襟。（《夏》）

四、明代后期的诗歌创作

孙承宗画像

孙承宗（1563—1638），字稚绳，号恺阳，高阳（今河北保定高阳县）人。孙承宗既是一位军事战略家，又是一位教育家、学者和诗人，他的人生道路充满了坎坷，虽然有经国济世的抱负和才能，但一生起起落落，受到其他党派的排挤，最终蒙冤回归故里。孙承宗不仅是个胆识过人、深通谋略的政治家，而且也是一位在诗词方面颇有建树的诗人。他的诗词创作气魄恢宏，雄奇豪放，是明末著名的边塞和英烈诗人。他著有《高阳集》20卷，包括诗歌9卷，词1卷，散文9卷。

鹿善继（1575—1636），字伯顺，号乾岳，晚年自号"江村渔隐"，定兴（今河北保定定兴县）人，是孙承宗的得力部下。鹿善继在明末不仅以节义著称，还以学术闻名。鹿善继一生著作颇丰，有诗集《无欲斋诗钞》1卷，还有《四书说约》33卷，《鹿忠节公集》21卷，其诗歌数量虽不多，但却充满着英雄本色。

刘荣嗣（1571—1638），字敬仲，号简斋先生，曲周（今河北邯郸曲周县）人，刘荣嗣自幼聪颖异常，10岁时便能下笔成章，一时名声大振。在其为官生涯中，一直与朝中黑暗势力做斗争。刘荣嗣不仅是勤政爱民的好官，还是一个很有名气的诗人、画家、书法家。他书学王羲之，晚仿苏东坡，造诣颇深。在文学创作上，他著有《半舫集》《简斋集》等多部诗文集，与明末的文学泰斗钱谦益齐

刘荣嗣画像

名。在刘荣嗣的诗文创作中有着许多进步色彩，反映出他对诗歌的独到见解。从情感上来说，他的诗歌多是忧时伤怀的。他多关注底层人民的生活，描写民生疾苦。比如其《流民》："春夏遭长旱，秋蝗遍川亩。食尽租税急，啼号鬻儿女。"

申佳允（胤）（1602—1644），字孔嘉，永年（今河北邯郸永年县）人，著有《申瑞愍公文集》《申瑞愍公诗集》。申佳允的诗

歌直面现实，忧国忧民之情溢于言表，再现了明末的衰败和百姓的疾苦。除此之外，还有一些酬唱赠答、写景咏物的诗作，以组诗居多，将咏景与咏史相结合，很值得寻味。

张镜心（1590—1656），字孝仲，号湛虚、晦臣，晚年号云隐居士，磁州（今河北磁县）人。张镜心生平雅重，气节沉毅，能断大事。他任两广总督时，在端州做了两件大事：一是修葺城墙，二是创建阅江楼。他写了《易经增注》《云隐堂集》《驭交纪》等著作，分别反映了其在易学、诗文、吏治方面的学问与才干。张镜心生于明末战乱之际，所以他的诗歌笔调沉着，感情凝重，无时无刻不忘家园。

除此之外，董复亨、范景文、余继登、路振飞、纪坤等人也在河北的明代诗歌创作中有所成就，亦有各自的创作特点，为明末的文坛呈现出了多彩的面貌。

第二章 明代的河北小说、散文创作

明代河北的小说、散文创作虽然在数量上不多，但是却在文学史上占有一席之地。《中山狼传》的作者马中锡通过寓言故事的形式讽刺了当前的灰暗朝政；和马中锡是同乡的孙绪在诗文评论方面有其独到的见解；而以"浩气还太虚，丹心照万古"气节著称的杨继盛更是留下了不朽的篇章。这些作家独特的生活经历和时代特色造就了明代河北小说、散文创作的独特魅力。

一、马中锡与《中山狼传》

马中锡，字天禄，号东田，祖籍大都（今北京一带），其祖先为避战乱于明初迁至河间府故城县（今属河北衡水），后定居地命名为马庄。马中锡一家可谓官宦之家。祖父马显，曾任都察院右副都御史。父亲马伟，曾为长史，因为直谏被关进囚车押送京师，全家也被拘禁。马中锡因为年纪尚幼没有被拘，他便到巡按御使处申诉冤情。后来马中锡又奉母亲之命到京城申冤，最终令父亲沉冤昭雪。成化十年，马中锡参加乡试取得第一，第二年便考中进士，并担任刑科给事中一职。马中锡为人刚正不阿，清廉公正。当时万贵妃之弟万通仰仗姐姐的权势，骄横不法。马中锡两次上疏弹劾，两次被罚于午门之外受杖责；嘉善公主因侵占民田，被马中锡依法勘还于民；太监汪直、梁方作恶多端，马中锡又上疏揭露二人。因为多次揭露权贵的不法行为，导致他九年未能升迁。成化十九年，马中锡被排挤出朝，任云南按察司佥事。在以后的十多年间，他绝大多数时间在外地为官。弘治九年，他升任宣府巡抚，后因病辞职回乡。

正德元年，明武宗即位后，大太监刘瑾等人滥施淫威，枉杀无辜。众朝臣轮番上疏奏请起用马中锡，武宗于是降旨命其为辽宁巡抚。马中锡因弹劾刘瑾党人，被捕下狱，并用囚车押赴辽东。当其披枷戴锁出现在辽东郡时，广大军民目睹奸佞猖狂、忠良遭陷，激愤之下于郡城下哗变。马中锡为顾全大局，对攻城人群晓之以理，终得平息。刘瑾闻讯再不敢治马中锡死罪，只是削其官职，令其归家"思过"。正德六年，刘瑾失宠被杀，马中锡再次出山，被授以都察院左副都御史。不久，河北暴发了刘六、刘七领导的农民起义，声势浩大，撼动京畿。武宗急调马中锡率兵剿灭义军。马中锡深知，农民"作乱"是官贪吏虐所致。因此，其一面武力镇压，一面力主招抚，众义军首领对马中锡也颇为敬慕。然而朝中奸臣诬陷马中锡与起义军一伙。朝廷听信谗言，以"纵贼"罪将其押送京师。历尽磨难的马中锡未等到审决便屈死狱中。其死后第四年，巡按御史卢雍追诉其冤情，朝廷为其恢复官衔，马中锡方得昭雪。

马中锡固守儒家忠君报国的思想，在其诗文创作中也表现出恪守职责，为国家解忧的思想，在诗歌和散文创作上都颇有建树。他创作的散文包括奏疏、序、书简、碑志、杂著等，著有《东田集》。内容上关注现实，尤其是当时已经威胁到明代存亡的宦官政治。马中锡最为著名的作品是他的寓言体小说《中山狼传》。

《中山狼传》描写了战国时期赵简子在中山国打猎，追击一只受伤的狼，恰巧遇见了东郭先生，狼向东郭先生求救，但是危险一过，狼却反过头来想吃掉救命恩人，无奈之下，东郭先生与

中山狼传（刘继卣绘）

狼相约，求三老问之，以定生死。狼问老木（老树）、老牸（老母牛），其均以自身遭遇言可吃东郭，最后遇到一位老人，老人要东郭先生杀死中山狼，东郭先生却又发起"不害狼乎"的慈悲来，因而被老人识为"仁陷于愚"。

　　作者通过这个寓言故事，彻底揭示了狼的本性：在它遇着危险的时候，会装作软弱可怜的样子，以迷惑那些思想糊涂的人，求得他的庇护，保全自己。危险一过，却又立刻露出吃人的本性，连救命恩人也不肯放过。对待吃人的狼，就只能坚决、彻底地消灭它。但是东郭先生恰巧不明白这一点，他对狼也"兼爱"，表示怜悯，这些弱点正为狼所利用，结果差点被狼吃掉。结合马中锡的生平，在他被贬官之后，朋友逐渐离去，此作也是有感而发。这个故事在当下社会也有着十分重要的警醒作用，告诉人们对待如狼般的恶人

东郭先生与狼雕塑

不可讲丝毫仁慈之心或抱任何幻想。现在人们也把中山狼比喻为忘恩负义的小人。

《中山狼传》塑造了鲜明的艺术形象。一个是忘恩负义、狡猾凶残的中山狼，一个是迂腐软弱、滥施仁慈的温情主义者东郭先生。尤其是对狼前后变化刻画得惟妙惟肖。狼求救时甜言蜜语：

> 先生岂有志于济物哉？昔毛宝放龟而得渡，随侯救蛇而获珠，龟蛇固弗灵于狼也。今日之事，何不使我得早处囊中以苟延残喘乎？异日倘得脱颖而出，先生之恩，生死而肉骨也。敢不努力以效龟蛇之诚！

译文：先生一定有志于救天下之物的吧？从前毛宝放生小白龟而在兵败落江时得白龟相助以渡江活命，随侯救了条蛇而得到宝珠，龟蛇本来就没有狼有灵性，今天这情景，何不让我赶紧待在袋子里得以苟延残喘呢？将来我如果能出人头地，先生的恩德，是死而救活、让骨头长肉啊，我怎么会不努力效仿龟蛇的诚心相报啊！

狼在脱险时凶相毕露，以怨报德：

狼咆哮，谓先生曰："适为虞人逐，其来甚速，幸先生生我，我馁甚，馁不得食，亦终必亡而已。与其饥饿死道路，为群兽食，毋宁毙于虞人，以俎豆于贵家。先生既墨者，摩顶放踵，思一利天下，又何吝一躯啖我而全微命乎？"遂鼓吻奋爪，以向先生。

译文：狼咆哮着，对先生说："刚才被看山人追赶，他们来得太快，所幸先生救了我，我非常饿，饿了没有食物，也终将死掉。与其饿死在路上，被众野兽吃掉，不如死在看山人手里，成为贵人家的盘中物。先生既然是墨家学士，累的从头到脚都是伤，不就是想为天下做一点贡献吗？又何必吝惜一副身躯让我吃而保全我的小命呢？"便伸嘴舞爪，向先生进攻。

通过狼对东郭先生说的话，塑造了一个狡黠、丑恶的中山狼形象。东郭先生的仁慈也通过他的语言表现了出来：

先生曰："私汝狼以犯世卿、忤权贵，祸且不测，敢望报乎？然墨之道，兼爱为本，吾终当有以活汝。脱有祸，固所不辞也。"

译文：先生说："私藏你冒犯世袭公卿、忤逆权贵，祸将不测，哪敢指望什么报答啊？然而墨家的宗旨，博爱为本，我一定要救你活命的。即使有祸，也不打算回避的。"

《中山狼传》借狼来写人，富有极强的寓言性。老木（老树）、老牸（老母牛）这两个形象也极富有寓意。老木被利用，最终仍旧被摧残；老牸默默耕耘一世却逃脱不了被残杀的命运，从而映射了现实生活中人们的悲惨命运，是马中锡对自己竭尽全力效劳的那个王朝及最高统治阶级激愤而又绝望的控诉。

另外，马中锡还有一篇较为出色的寓言体散文《里妇寓言》，讲述的是汉武帝时汲黯出使河南，假传皇帝诏命发粮食赈济灾民，回朝后怕被治罪，就先见东郭先生求助。东郭先生讲了一个里妇怕生子的故事，说明了既然自己认为所作所为是应当的，就应该勇于承担，恐惧是没有用的。这篇寓言也有其教育意义。同时，文章中对里妇这一形象刻画得也极为生动。

二、诗文评论家孙绪

和马中锡是同乡的孙绪在文学评论方面颇有成就。

孙绪，字诚甫，号沙溪。弘治十二年（1499年）赴京赶考，取得进士，在户部任主事。他为人廉正，不畏权贵，于弘历十七年以政绩卓著晋升为吏部文选郎中。武宗即位后，太监刘瑾得宠，权倾朝堂，数以百计的官吏遭到迫害。有一御史因弹劾刘瑾被冤下狱，诸多大臣都缄口不救。孙绪虽区区五品，却仗义执言，冒险上书替这位御史辨冤，最终使其免于刑罚。孙绪居官时非常清廉。当时浙江有一姓褚的知府因过错被黜免，便携巨金去孙绪家求情，孙绪严厉斥责了褚某的卑劣行径，并命其将贿赂之钱带回，并依照律法将其黜免。正德五年，孙绪任太仆寺少卿，后又晋升为正卿，主管马政。当时淮南因连年灾荒，所上贡的马匹身材瘦弱，太仆寺官员遵常规迫令退回调换。孙绪经实地勘察，深知此乃荒年粮草短缺所致，于是下令全部收下，免除了淮南民众的沉重负担。安徽南陵县孙某，与朝中某权贵是姻亲，便利用当地马政之机营私舞弊，孙绪为查处其罪冒犯了朝中权贵，因此遭人诬陷，锒铛入狱，因朝臣营救幸免一死。世宗即位后才恢复他的原职。此后，又因抵制宦官张雄专权被罢官，再度回归故城老家。

孙绪自幼聪慧过人，学习古文，奉父亲的命令读东田文章，深受马中锡刚正之气的影响。孙绪归里后自号陇东居士，闲时寄情诗酒，其《沙溪集》即是其晚年之作。此外，他亲自参与润色《故城县志》，收养教化贫民弃儿，深受当地百姓拥戴。

孙绪才华横溢，文学造诣极深，诗、赋、散文均堪称大家，在世时已获"瀛州才子"美誉，曾著有《易经奇语》《大学中庸放言》《无用闲谈》等。孙绪为文沉着，理性多于感性。他认为文章不能一味复古，模仿时下流行之作，而是要善于在模仿的基础上谋求新变。如果一味盲目模仿，也会走上重蹈覆辙的道路。其诗歌作品于豪气纵横中姿媚跃出，有独特风格。

孙绪重视诗人的人品情操，推崇李白、杜甫、韩愈，认为他们的诗文脍炙人口、千载不衰的原因就是这些诗人敢于傲视豪强，甚至勇于冒犯龙颜，揭皇帝老儿的疮疤。读他们的诗，就会激奋昂扬，心胸开阔。

孙绪还以马中锡为例提出"欲读公诗，先观其人"的观点，他认为诗人的道德品质是十分重要的。这与当时的文人大多从格调声律着手相比，可谓是另辟蹊径。所以在《马东田漫稿序》中，孙绪赞扬马中锡："其诗类其为人，东田诗悯时痛俗，以极于体物尽性，而要诸变雄浑深沉，无急蹙狭小之病。"意思就是"马中锡的诗就如同他的为人，悲悯时势的污浊和世风日下，以至体恤一切有关国计民生的物类，希望能够物尽其用，在思想感情上可说是达到一种极致。气吞寰宇的心胸，必然写出雄浑深沉的诗篇，而绝没有急迫拘束的毛病"。这就是孙绪从马中锡的人品方面对他诗文的评价。

孙绪的诗歌创作未能达到其诗文评论所企及的高度，但也不乏佳作。反映社会现实的《春愁送刘侯归云中六首》，揭露了赋税徭役的繁重，尤其是对官府的横行给百姓造成了苦不堪言的生活的批判，表现了对农民的极大同情和对官员鱼肉百姓行为的愤怒。另一首《前有猛虎行》中用山林猛虎和城中猛虎来分别比喻乡村和城市中的贪官污吏，山林猛虎虽然凶猛，但城中猛虎更为凶残，运用了对比的手法表现出官府的残暴，更增强了批判力度。

三、忠肝义胆杨继盛

明世宗当政时，政治腐朽，奸臣当道，宦官扰政严重威胁着明王朝的统治。在朝堂中，有一批正直敢谏的官员惨遭迫害，而此时，河北的文坛上，也多用诗文作为政治斗争的武器，杨继盛就是其中的一个。

杨继盛，字仲芳，号椒山，容城（属河北保定，由河北雄安新区托管）人。杨继盛自幼家贫，七岁丧母，其父另娶。继母妒忌他，让他放牛。杨继盛经过私塾，看见里面的儿童读书，很是羡慕。因而对他的哥哥说，请求能够跟从塾师学习。哥哥说："你还小，学什么？"杨继盛说："年纪小能放牛，就不能学习吗？"哥哥将这些对父亲说了，父亲让他学习，但还要放牛。所以杨继盛直到十三岁才得以真正从师学习。清贫的生活也塑造了他正直无私的高尚品格，对其后来的政治生活产生了深远的影响。嘉靖二十六年（1547年），杨继盛考取进士，初任南京吏部主事，跟从南京吏部尚书韩邦奇学习。他深思乐律，亲手制十二律，吹奏时声音和美。

韩邦奇大喜，将自己所学全部传授给他，从此杨继盛更加有名。

　　嘉靖二十九年（1550年），蒙古首领俺答数次带兵入侵明朝北部边境，奸臣严嵩和大将军仇鸾不但不抵抗，还请开马市以缓和局势，卖国求荣。杨继盛上书《请罢马市疏》，力言仇鸾之举有"十不可，五谬"，坚决反对重开马市。然而皇帝不明事理，将杨继盛贬入狱中，后贬为狄道县（今甘肃临洮县）典史。

杨继盛画像

　　狄道地区番人与汉人杂居，文化落后，罕知诗书。杨继盛在狄道的时间虽短，可是他在那里访民疾苦，均平赋役，开办学校，兴修水利，让妻子张贞传授纺织技术，深受当地百姓的拥戴，在他调

戏曲《万古丹心杨继盛》剧照

走时，千余人哭泣着送他到百里之外，并称他为"杨父"。

旌忠祠

杨继盛被贬一年后，俺答依然扰边，马市全遭破坏。世宗才明白杨继盛有先见之明，于是再度起用杨继盛。当时严嵩当权，想要拉拢杨继盛，而正直的杨继盛不为所动，并且草拟奏章弹劾严嵩，以《请诛贼臣疏》弹劾严嵩，历数严嵩"五奸十大罪"，因此杨继盛又被投入监狱。在狱中，杨继盛被杖刑一百，一位同僚实在看不下去了，托人送给杨继盛一副蛇胆，告诉他："用此物可以止痛。"但杨继盛果断拒绝，说："椒山自有胆，何必蚺蛇哉！"杨继盛为了生存下去，以瓷片当刀，亲自挖去腿上腐肉，脓血遍地。狱卒见状吓得浑身颤抖。就这样，他依靠一身正气，铮铮铁骨，以顽强的毅力奇迹般地活了下来。然而即使如此，将他看作眼中钉、肉中刺的严嵩仍不能让他活下去，必置他于死地。杨继盛在狱中度过三年，最后严嵩把他的名字偷偷添加在死刑犯名单的后面，终被杀害，在行刑前，杨继盛高声赋诗："浩气还太虚，丹心照万古。生前未了事，留与后人补。天王自圣明，制作高千古。生平未报恩，留作忠魂补。"其浩然正气，在民间广为流传。明穆宗即位后，以杨继盛为直谏诸臣之首，为其平反，追赠太常少卿，谥号"忠愍"，世称"杨忠愍"，后来保定的百姓和官员建立了旌忠祠。清顺治皇帝极力称赞杨继盛，御制《褒忠录序》《褒忠录论》，清乾隆皇帝曾为其题诗画像。

在《杨忠愍公集》中有散文27篇，最为著名的就是《请罢马市疏》和《请诛贼臣疏》这两篇，被评价为"披肝沥胆，伉直之气如生"。（《四库全书总目提要》）

在《请罢马市疏》中，杨继盛一开始便指出了开马市是为了议和而示

杨忠愍公集

弱，接着又论述了开马市的"十不可"与"五谬"，开马市有损于国家的尊严，有失帝王的威信，会使军队更加松散，小人更加猖狂，也会助长部分人的投敌心理。杨继盛对时局的分析条条有理，层层深入，是一篇论证严密的奏疏。

在《请诛贼臣疏》一文中，他则有条不紊地历数了严嵩的"十大罪状"：坏祖宗废丞相之成法；窃君上之大权；掩君上之治功；纵奸子之僭窃；冒朝廷之军功；引背逆之奸臣；误国家之军机；专黜陟之大权；失天下之人心；敝天下之风俗。文章首尾一气呵成，用事实揭露了严嵩的伪善面目，语言犀利，感情激烈。

杨继盛的这两篇奏疏所表现出来的是他大无畏的精神和强烈的正义感，其文章与他刚正不阿的气节一样永照史册。

第三章　明代的河北戏曲创作

　　明代河北的文坛上出现了散曲家薛论道，军人出身的薛论道将自己的军旅生活融入散曲创作中，丰富了散曲的题材。此外，还有一位杰出人物赵南星，在政治上，他是东林党的领袖，而在文学上他的贡献也是极大的。尤其是他的散曲创作，在内容和艺术表现上都十分值得后人探寻。虽然此时的散曲创作无法与前代一流名家相媲美，但在这些作品中，我们仍然能读出燕赵大地"慷慨悲歌"的传统。

一、薛论道的散曲创作

　　明朝时期，散曲衰落，但在河北文学史上，薛论道的出现却为明代的散曲创作留下了浓墨重彩的一笔。

　　薛论道，字谈德，号莲溪居士，定兴（今河北定兴县）人。幼年时身患重病，致一足残废。薛论道聪颖过人，8岁能文，喜好谈兵。但因为父母早亡，家贫如洗，于是辍学自读兵书，充实智略。后来他声名远扬，京城内外称他为"刖先生"。薛论道生活的年代正是明代后期，南方沿海一带有倭寇入侵，北部边境也有异族侵扰，中原广大地区的百姓生活动荡不安。在这种情况下，自幼就立志做出一番事业的薛论道，毅然离家从军。许襄毅执掌密云督府，聘薛论道为参谋。神堂峪有敌情，薛论道建议，用精兵出战，许襄毅采纳其策，退敌十万。薛论道对战事深有谋略，从军三十年，在抵御外患中屡建奇功，被任命为指挥佥事。后来因与总兵戚继光主张不合，薛论道辞官归里，称病著书。后被起用，任神枢参将。

薛论道是明代杰出的散曲大家。其所作散曲，慷慨悲歌。他既有真挚的报国情怀以及壮志难酬的悲慨忧愤，又有退而归隐的消极情绪，也有对很多世间之事产生愤怒的不平，对当时社会的丑恶现象也有揭露。著有散曲集《林石逸兴》10卷，每卷百首，共收1000首散曲，这千首散曲的内容十分复杂，涉及方方面面，其中以军旅边塞题材和"叹世曲"评价最高。

使军旅生活入曲，在散曲史上，《林石逸兴》是首创。由于薛论道长时间在军营中生活，屡次领兵作战，所以他的散曲中对战场的描写数量较多，而且写得真实感人、有气魄。如他的著名散曲〔南商调〕《山坡羊·吊战场》：

> 拥旌麾鳞鳞队队，度胡天昏昏昧昧。战场一吊，多少征人泪！英魂归未归？黄泉谁是谁？森森白骨，塞月常常会；冢碛债堆，朔风日日吹。云迷，惊沙带雪飞；风催，人随战角悲。

散曲写出了大战时的雄壮场面，人如蚁，旗如林。同时又写出了古战场上的凄凉，有多少将士丧失了生命，一堆堆的白骨，一座座的坟丘，战争给多少人家带来了灾难啊！既表达了作者对战争的厌恶和对死亡将士的怀念，也隐含着作者决心御敌报国的雄心壮志。曲的末尾，作者从想象回到了现实，把恶劣的环境生动刻画了出来。全曲的感情基调都在一个"悲"字，启发人去深思。

除了对于战争的描写，薛论道也把边塞见闻、北国风光写入曲中，如他的散曲［南商调］《山坡羊·塞上即事》：

> 玉门迢骓蹄奔绽，铁衣寒征袍磨烂。将军战马岁岁流血汗。功名纸上闲，秋颜镜里残，烽烟历尽壮志逐云散，酒郡无缘青丝带雪还。知还，一身得苟安；求安，余生得瓦全。

除此之外，还有《为将》《寄征衣》《宿将》《边城秋况》《塞上重阳》《宿将自悲》等，这类作品的内容大多描写惊沙带雪、寥廓苍茫的边庭，战马铁蹄、白发将军、久戍思乡但又决心捍卫祖国的忠勇将士。薛论道对塞外景物意象的个人感受和组合方式，显然受到唐代边塞诗和宋代边塞词的影响，他扩大散曲的创作领域的同时，还强化了散曲的志情抒怀。在艺术上，薛论道的散曲多富有浪漫主义的手法，在语言遣词造句上率直明白，通俗却不媚俗，有相当高的造诣。其在散曲中奏响疏旷豪壮的军旅之音，表达出了辽远阔达的艺术境界，慷慨激昂地抒发情感。

薛论道豪放的曲风与燕赵地区浓郁的北方地域特色是分不开的。薛论道所生活的地方主要是定兴县和密云县两地。从自然地理的角度来说，定兴、密云在历史上多旱涝、大风等自然灾害，面对大风的侵袭和荒凉的山脉，在这里生活的薛论道文学创作也受到影响，其散曲绝不是南方地区细腻温婉的曲调，而是呈现出一种豪放、刚强的曲风，这与燕赵地区的地域色彩是有关联的。

"叹世曲"是元代以来散曲家所创作的一种曲体，它直接抒发了作者对当时的人生、社会世态的真实感受，旨在揭露和抨击社会的黑暗。薛论道在继承了元代"叹世曲"的基础上，同时又有进一步发展，显示出自己的鲜明特点。他将笔触深入到了社会的各个层面，题材广阔，意境高远，情感豁达，用质朴的语言表达了自己的感受。

薛论道在散曲中往往会感叹自己的满腔抱负无法施展。在〔北中吕〕《山坡羊·马》中，感叹"天生骐骥，如之何终于伏枥"，以马喻人，将自己的才能比作骏马，抒发了自己不被重用的苦闷之情。

薛论道出身于下层人民，又亲身体验到社会的黑暗和上层统治阶级的昏庸，因此，在散曲中多有讽世之作，他的揭露和嘲讽往往是不顾情面的。他在散曲中贬责封建统治阶级和达官贵人是"软脓色气豪，恶少年活神道"，讥讽他们"今日车，明日轿。村头脑紫貂，瘦身躯绿袍，说起来教人笑"。对这些官僚贵族在官场中钩心斗角、尔虞我诈的比作是"芥羽一毛轻，倚豪雄起斗争，撄冠披发不恤命"，借助斗鸡来揭露当时统治阶级内部的矛盾。这些都反映了薛论道对统治阶级不关心人民疾苦，只知争权夺利，吃喝玩乐的鄙视和憎恶。

尽管官场上尔虞我诈，浑浊不堪，但是薛论道仍然保持着出淤泥而不染的心志，也在散曲中表达自己的英雄志向。如〔南商调〕《山坡羊青云得路》中抒写他"男儿能自强，天公自主张，一朝奋发位列公卿上，三策重瞳身登将相堂"的个人理想。

二、赵南星的散曲创作

赵南星（1550—1627），字梦白，号侪鹤，别号清都散客，高邑（今河北高邑县）人，他是晚明著名的政治家，东林党首领之一，与邹元标、顾宪成号为"东林三君"。同时他也是明代著名的诗人、散曲家。

赵南星的名字由来，据说是因为高邑东关赵汝弼之妻生下一子，因生产时在夜四更，恰有一颗陨星闪闪发光落在汝弼南园，于是就给这孩子取名"南星"。南星自幼十分聪明，人称"神童"。隆庆四年秋，年仅二十岁的赵南星参加乡试中了举人。四年后就考中进士。如今，在高邑县，还流传着许多有关赵南星聪颖机智的民间故事。

嘉靖年间，春闱科考，赵南星高中三甲，被钦点"文选员外郎"，随即，奉旨任江南十八州提调主事，就是为皇上秋闱选拔人才。这一天，他到苏州大街微服私访，忽听一家酒楼吆五喝六的挺热闹，便身不由己登上楼去，见四个考生模样的书生正猜拳行令。一个考生说："自古江南多才子，听说提调大人是个北方人，有何才能考我们？"另一个考生眯缝着醉眼，扬扬得意地说："论我们的才学，俱能高官得坐，骏马得骑！"又一个考生说："李白斗酒诗百篇，我们还是乘酒兴作诗吧！"四个考生齐声说好，让酒家取来文房四宝。提议的考生说："我出一联，请诸兄对对儿——江南多才子。"第一个答话的考生随口对道："苏州出圣贤。"其他考生齐声称赞。赵南星在一旁听了，嘿嘿一笑："不好，不好！'江南'怎么能和'苏州'相对，还是我对下联——北方出圣人。"四考生顿时火起，齐声呵斥："哪来的狂徒，敢扰我弟兄的诗兴，还长北方人的志气，你有何能耐？"其中一个把文房四宝拿到桌上刁难说："既敢逞能，那就赋诗露宝吧！"赵南星早想教训这四个傲慢的考生，双手一拱："列位，献丑了！"随即写道："一上一上又一上。"四考生摇头取笑："平常！平常！"赵南星又写出第二句："一上上到楼上头。"四考生越发取笑："无味！无味！"赵南星装作凝思，稍停片刻，写出下两句："请自楼上往下看，压倒江南十八州。"四考生看了，大惊失色，酒已醒了大半儿，料定是提调大人微服前来，慌慌张张下楼溜之。赵南星江南提调的事传开，北方人都引为骄傲。后来河北衡水的一家毛笔店，就在七寸笔管上刻了"压倒江南十八州"的字号，流传多年，创出名牌儿。

万历二年，赵南星任汝宁（属今河南省）推官，主掌勘问、刑狱等事。明代后期，皇帝怠政庸懦，纪纲废坏，政治极端黑暗腐朽，明王朝的统治岌岌可危。赵南星任文选员外郎时，上疏直言天下有"四大害"，从而抨击时弊。万历二十一年，赵南星任吏部考功司郎中，因秉公执法，不恤私情，遭到权贵的嫉恨，为奸人所害而落职。光宗立，赵南星重新被起用，任太常少卿。他仍然以天下为己任，不畏权贵，与朝中恶势力进行斗争。赵南星对当时的形势和弊政有较为清醒的认识。为了挽救明王朝的统治危机，他呼吁进行政治改革。他认为，政治改革的关键是最高统治者——皇帝改变作风，带头遵守封建纲纪。天启初年，明熹宗在赵南星等人带领的东林党的辅佐下改革弊政，大量引用正直之人，一时"东林势盛，众正盈朝"。但不久，宦官魏忠贤擅权，搜罗、起用遭排挤的东林党反对派，打击、残害正直的东林党人，赵南星最终也被人陷害，卒于代州（今山西代县）。崇祯帝继位，下旨肃清阉奸，严厉治罪。降旨为赵南星洗冤，拨银以制安葬，并追赠南星荣禄大夫、

赵南星雕塑

赵南星公园

太子太保、谥号"忠毅"，明史学家们称誉他是"一代正人"。现在高邑县城还保留着赵南星的祠堂，高邑有条路被命名为"南星路"，以纪念这位高邑名人。

赵南星一生著作丰富，其诗词保留下来的共有760余篇。有《史韵》《学庸正说》《赵忠毅集》等作品。赵南星是一位伟大的现实主义诗人，他的作品不仅具有丰富的社会内容、鲜明的时代色彩和强烈的政治倾向，而且充盈着忧国爱民，心怀天下的崇高精神。他以诗的形式忠实记录了朝廷由盛到衰的时代变迁，无疑使他的诗具有了诗史的价值。

赵南星最为有名的作品是他的散曲集《芳茹园乐府》，芳茹园是赵南星家所筑的一所小园。在这所小园里，赵南星可以自在地用文字抒发自己的情感。虽然赵南星散曲涉及拜佛求仙、赏花观景、风情调笑等闲居之作较多，但是赵南星一生嫉恶如仇，扶正祛邪，对于晚明吏治败坏、官场黑暗，他坚决抨击。《芳茹园乐府》中大部分作品又都写于他罢官居家的三十年间，所以多磊落不平之气，揭露了官场的昏庸腐败。

> 你休怨乌台错品题，也休道老黄门不察端的；从来谗口乱真实，辜负了誓丹半世清名美。也只因逢着卷舌一点官星退。他只道是猫儿吃腥，是鸦儿一样黑。（《慰张巩昌罢官》）

除此之外，在散曲集中还有一些关注民生，写儿女之情的作品，极具生活气息，体现了赵南星对民间创作的吸收，在内容和艺术成就上都值得后人学习。

第四章　清代的河北诗歌创作

　　清朝时期，河北的诗歌创作在数量上显著增长，也涌现出了许多具有全国影响力的诗人，整个诗坛呈现出一片繁荣的景象。清朝初年，出现了申涵光这样的遗民诗人，还有像正定梁氏家族、任丘边氏家族这样的家族式文人创作。乾隆时期，河北的诗坛创作达到顶峰，他们大多是知名文人兼朝廷官员，其代表人物是翁方纲、朱筠、朱珪、舒位等。晚清时期，政坛动荡，外强侵略，河北文坛也出现了消沉的局面，但也有边浴礼、张佩纶、张之洞这样的诗人给河北诗坛增添了一丝生机。

　　当然，除了这些知名诗人，还有王太岳、李棠、马兆鳌、李忠简、苏鹤成、张珑等诗人的作品也丰富了河北的诗歌创作。总体来说，清朝时期的河北诗坛呈现出内容丰富、多样的风格。

一、申涵光及"河朔诗派"

　　"河朔诗派"是明清易代之际，崛起于燕赵大地上的一个极具创作个性的诗歌流派。它以申涵光为领袖，"畿南三才子"（又称"广平三君"）——申涵光、殷岳、张盖为核心，刘逢源、赵湛为羽翼，秉承着燕赵地区清刚劲健的文化气息，在流派众多的诗坛中毅然崛起，活跃于燕赵大地上。

　　"河朔诗派"发起与进行创作的时间大约为顺治五年至康熙十六年，有着浓郁的河北地域色彩，这与组成此诗派的诗人性格特点是分不开的。在河朔诗派的诗人中，申涵光、张盖为永年人，殷岳为鸡泽人，刘逢源为曲周人，据《畿辅通志》记载，永年、曲周、鸡泽三县在明代均属"广平府"，清代沿袭，"广平府"在今河北邯郸一带，燕赵地区自古多慷慨悲歌之士，燕地荆轲、高渐离身上的古风流韵侵染着河朔诗人，浓郁的燕赵文化也塑造了此地文人志士豪爽慷慨的性格特点。

　　从地域环境上来说，燕赵地区北部为高原游牧区，南部为平原农耕区，两种文化相互交汇、相互依存，这使燕赵地区的人们形成了吃苦耐劳、勇敢奋进的文化个性，这种文化融入当地的民风民俗中，代代传承。再加上燕赵地区山川雄广，太行山脉巍峨雄伟，明清时期，广平府内山水相依、树木掩映，古刹殿宇林立，燕赵大地浓郁的山水特色也影响到了河朔诗人的诗文特点。

　　燕赵文化的慷慨悲歌之气在河朔诗派的诗歌内容上有所体现，河朔诗人常常表现为关心民生疾苦，关注现实，怀念故国情怀。明末清初，战乱频繁，社会经济遭到严重打击，百姓苦不堪言，民不聊生。河朔诗人以真实的笔触记录下了这一段历史事实。申涵光在《哀流民和魏都谏》中写道："流民自北来，相将南去，问南去何处，言亦不知处。日暮荒祠，泪下如雨。饥食草根，草根春不生……杀戮流亡，祸及鸡狗，日凄凄。风破肘，流民掩泣，主人摇手。"感情真挚、哀伤，表现了作者对人民苦难的哀痛。再如赵湛《避兵妇女入城聚泣风雨中宁侍御广开闲舍安寓之》中："羽檄喧从大漠还，月氏万队度洺关。秋原牧马空禾黍，夜帐鸣筝列海山。鸿雁惊来风雨外，啼号声在水云间。忧天叟史开旁舍，千叶青莲济大艰。"面对凶残的清军，弱小无助的女子只能像受到惊吓的鸿雁，哀号之声痛彻天地。此诗揭露了满洲八旗肆意劫掠、无恶不作的罪行，表现了对人民苦难遭遇的深切同情。全诗悲愤雄壮，震人心弦。

河朔诗派的诗人都是入清不仕的遗民，他们的诗歌中也会流露出对故国的哀思。申涵光在《邯郸行》中感叹："邯郸之人思旧主，至今犹上武陵台。"这正是以申涵光为代表的河朔遗民的心声。一方面他们不满于清朝廷的统治，另一方面也表达了他们终身不仕清廷的气节和对故国的思念。

河朔诗人之间有着极其深厚的友谊，他们给予彼此以心灵的慰藉。在他们之间往来唱和和赠答的作品颇多，他们之间互相勉励，才使孤寂的心灵有所寄托。

申涵光画像

河朔诗派的领袖诗人申涵光（1618—1677），字和孟，号凫明、聪山等，河北永年人。申涵光出身名门，天资颖悟，勤奋好学，博览经史，以诗名闻乡里。由于他高尚的气节、渊博的学识、极富魅力的人格、非凡的创作成就，在明末清初产生了广泛的影响。申涵光著有《聪山诗选》《聪山文集》《荆园小语》《荆园进语》等著作，另著有《说杜》《性习图》《义利说》等书。清朝统一后，申涵光和他的几位志同道合的朋友，时而纵酒狂欢，时而痛哭高歌，表现出落拓不羁的性格，一副与世无争的样子，然而他们的诗文中字里行间隐露出对清王朝异族统治的不满。这在当时的士人之中也是一股普遍的思潮。然而，满族统治者对中原人们的反抗情绪也时刻抱有戒心。反清复明的前景是那么黯淡，文字狱屡兴不止，他们的心思也只能深深地埋藏在心底，把"尊先王之道，守时王之法"作为自己的处世哲学。

除申涵光外，河朔诗派的其他诗人及其诗作也有可称赞之处，张盖的诗作狂放傲岸，风流洒脱；殷岳一生喜游山水，后死于旅途中，著有《留耕堂诗集》。还有赵湛、刘逢源等人，也都为河朔诗派的发展做出了贡献。

二、梁清标的诗歌创作

梁清标（1620—1691），字玉立，号苍岩，又号蕉林、棠村，直隶真定（今河北正定）人，明末清初著名藏书家、文学家。他生于钟鼎世家，是明代万历年间蓟辽总督梁梦龙的重孙。梁清标与叔伯兄弟梁清宽、梁清远并称，时号"三梁"。崇祯十六年中进士，授翰林院庶吉士，顺治六年授翰林宏文院编修，后来又担任国史院侍讲学、詹事府詹事、礼部左侍郎、吏部右侍郎、吏部左侍郎、兵部尚书、礼部尚书、刑部尚书、户

梁清标画像

部尚书、保和殿大学士等职。由于梁清标是清朝顺治、康熙年间的朝中重臣，又曾担任兵、礼、刑、户部尚书，正一品的官位长达40年，所以他对清初政权的建立和巩固，国家的方针政策、人才选拔等都做出了巨大的贡献。

梁清标勤思好学，著作颇丰，著有《蕉林诗集》18卷、《棠村词》1卷等。梁清标现存诗歌2000余首，题材丰富，内容多样。梁清标中进士的第二年，李自成引清军入关，明朝灭亡。明清易代，给仕人们心中留下了巨大的阴影，梁清标虽然转仕清朝，但在心中也留下了一丝丝伤感，如在《铜雀台歌》中就发出了"已道千年乐未央，那知转眼成悲伤"的感叹，再如《李园行》中，"往事欻忽云烟空""盛衰自昔犹转蓬""慷慨相看泪如雨"，饱含着作者在明清易代变故中复杂的情感。梁清标作为康熙倚重的大臣，在康熙平定三藩之乱这件大事上做出了贡献，在《对月》《空城吟》等诗中就描写了三藩之乱，表达了对三藩罪行的痛恨。在《落日行》《岁暮行》《民夫谣》《上滩行》等诗中描写了百姓生活的艰辛苦难，反映了梁清标关心民生的爱民之情。

梁清标还有一些反映为官理想的诗作，例如在《过椒山先生墓》这首诗中，就借椒山先生（明代杨继盛）来抒发自己清正廉洁、忠贞爱国的为官理想。

> 曾读遗书叹直臣，遥阡极望更沾巾。
> 一身生死留天地，两疏淋漓泣鬼神。
> 鸟集墓门名不恭，鹤归华表恨如新。
> 行行立马秋风急，杯酒何年荐涧蘋。

通过这首诗赞扬了杨继盛与朝中恶势力斗争的无畏勇气和对国家人民的忠肝义胆。也通过诗作表达了对杨继盛深深的惋惜和悼念之情。

梁清标的诗歌地域色彩很浓，有许多描写河北的诗作，他对家乡正定有着浓厚的感情，写下了《宿顺义县》《过泸桥》《过定州》《发真定》《赵州桥》《邯郸行》《丛台怀古》《宿磁州》

《昌平野望》等诗。在《过顺德感怀》中，诗人在秋雁北飞的苍茫境界中，追怀那些燕赵之地的历史名人，凭吊赵氏孤儿、刺客豫让、宋白等人，表达了对这些慷慨悲歌之士的悲慨之情，同时也写出了河北燕赵大地的地域文化色彩。

　　除了诗歌创作，梁清标还是当时著名的藏书家和书画家。梁清标精于鉴赏，长于书法，喜好收藏图书，所藏法帖、名画极多。梁清标在正定城内筑有书楼"蕉林书屋"，专门用来收藏书画、古籍，积书多至数十万卷。据史料记载，他收藏了超过600件稀世书画珍品，其中包括晋代陆机《平复帖》、王羲之《兰亭序》、唐代杜牧《张好好诗》、颜真卿《自书告身帖》和《竹山堂联句》、宋代苏轼《洞庭春色赋》《中山松醪赋》《归去来辞》、黄庭坚《阴长生诗》、蔡襄《自书诗》、元代赵孟頫《洛神赋》《常清静经》《黄庭经》等。除了历代名家法帖，梁清标收藏的绘画作品也有极多重量级的稀世珍宝：晋代顾恺之三种版本的《洛神赋图》、隋

正定府蕉林书屋旧藏之《挥扇仕女图》／唐朝画家　周　昉绘

—35—

正定府蕉林书屋旧藏之《挥扇仕女图》/唐朝画家　周　昉绘

正定府蕉林书屋旧藏之《调琴图》/唐朝画家　周　昉绘

代展子虔《游春图》、唐代阎立本《步辇图》、周昉《簪花仕女图》、五代顾闳中《韩熙载夜宴图》、后梁荆浩《匡庐图》、宋代范宽《溪山行旅图》、李唐《万壑松风图》、元代赵孟頫《鹊华秋色图》，还有明代仇英《赤壁图》、清代王时敏《仿古山水册》等。

　　"蕉林书屋"为当时文人雅士聚集之所。门口车水马龙，席间谈笑鸿儒。现今，许多宋元字画碑帖都钤印有"蕉林书屋""棠村品鉴""棠村审定""梁清标审定"等字样。从明朝嘉靖年间梁梦龙开始，历经三四代人倾心广集，到康熙十二年，蕉林书屋珍藏数量之巨、品味鉴赏之真、影响之广，可谓在中国乃至世界都声名远扬。由于他所鉴藏过的晋唐、宋元书画是清朝内府的主要藏品来源，而它又是今天各大博物馆书画藏品中的上等藏品。所以，各大博物馆的很多文物乃至镇馆之宝都从这里走出，包括北京故宫博物

蕉林书屋旧址

院、台湾故宫博物院、天津博物馆等。可以说，没有蕉林书屋，就没有现在完整的博物馆。

三、边连宝的诗歌创作

《随园诗草》

《杜律启蒙》

边连宝（1700—1773），字赵珍，后改字肇珍，号随园，晚号茗禅居士，直隶任丘（今河北任丘市）人，清代中叶著名学者、文学家、诗人。边连宝在清代文坛上有着重要地位，他与纪晓岚、刘炳、戈岱、李中简、边继祖、戈涛并称为"瀛州七子"或"河间七子"，又因比清代的另一个著名诗人袁枚大16岁，雍正十年时以"随园"命名其诗集《随园诗草》，较袁枚名"随园"早16年，所以边连宝与江南才子袁枚并称为"南北两随园"。

边氏家族是河北的一大文化望族，绵延数世，诗人辈出。边连宝的祖上有人官至户部，曾祖曾任安庆太守，祖父边之铉曾任福州司马。父亲边汝元，精音律，擅书画，诗以杜甫为宗，清苍雄健，又擅戏曲。自祖父解职后，家道开始衰落。其父亲一生为布衣，没有做官，所以那时的边家已经到了贫困的边缘。边连宝6岁入乡塾，勤学善问，自幼从父学诗，他性情孤傲，不随波逐流。他秉承其父家学，喜爱古文诗词，在这方面才识渊博、气势豪放，但当时科举制度以八股文章为取士标准，有人劝他习古文不利于参加科考，而他却"持所守不少变"，因而在科考中屡试不第。戈涛《随园征士生传》说他"甲子后决然舍去，专力诗古文词"。边连宝在一次又一次的科考失败后，决定不再踏入仕途，而是专心研究经史古文。边连宝所创作的作品极其丰富，现存诗3000余首。著有《评管子腋》2卷、《无言正味集》6卷、《杜律启蒙》12卷、《随园诗草》16卷、《评选苏诗》10卷等。

边连宝一生困顿穷苦，有志难酬。为了生计，他不得不奔波于塾馆之间，尤其是后半生，更是贫病交加，度日如年。所以他的诗抒写了一个失意文人悲苦的心路历程。诗是边连宝生命的慰藉和支撑，他用诗表达愁苦抑郁，叙述朋辈友爱，歌吟手足亲情，生活中的一切感受都化为长歌短吟的诗章。

纪晓岚在《怀边连宝》一诗中，对他的为人、性格做了概括：

> 老狂边季子，壮志孤烟高。
> 得名三十载，门户犹蓬蒿。
> 长啸坐弹琴，王侯不敢招。
> 想象败絮中，风雪空箪瓢。

边连宝一生以教学为业，其学生多中科第，入仕为官。他晚年自号茗禅居士，陪伴青灯黄卷，终了穷愁困顿的一生。

在边连宝的诗作中，有着一种愁苦之情，家庭的衰败和自己不得志的生活窘境，在他的诗中也有所表露。在一些写景诗中，他常常以孤冷的秋冬季节为抒写对象：

> 夕露候蛩吟砌晚，斜阳秋草闭门深。（《初秋咏怀》）
> 川摇秋练白，鸦点暮痕青。（《年华》）

啼鸟哑哑催病叟，新月胧胧挂寒村。（《日落》）

孤灯昏挂壁，斜月冷侵门。（《冬夜》）

风传凉笛惊秋梦，月散高槐踏夜冰。（《新秋夜起》）

半明半灭壁灯暗，乍断乍续檐蛩吟。（《秋夜苦雨》）

诗中这些悲凉苦楚的意向正是诗人内心抑郁苦闷心境的折射。

边连宝是一个内心十分细腻的作家，他的诗作往往反映出他的真情实感。他一生中写了许多有关亲情、友情的诗，真实地记录了诗人与周围家人、朋友的情感世界。例如在《奉寄老母》《家信》《遣人起居老母》等诗作中反映了他对母亲的思念和牵挂；在《悼亡》《赠内二首》《戏赠老妻》等诗作中表达了对爱妻的赞美和思念；又如在《怀九兄》《奉怀八兄》等诗作中抒写了他与兄弟之间的手足之情。除此之外，还有《取友》《赠芥舟》等诗作来抒写他与朋友之间深挚的友情。

家　信

母老逾八旬，女病淹床蓐。

别来已月余，音问限川陆。

迩来都摆脱，惟仰事俯育。

时时缀我心，为其系天属。

屑屑命荆妻，琐琐具旨蓄。

苞苴贮筐篚，遣问专僮仆。

……

四、翁方纲的肌理诗说

翁方纲（1733—1818），清代书法家、文学家。字正三，号覃溪，晚号苏斋，直隶大兴（今属北京）人，乾隆十七年进士。乾隆三十八年，清廷开设四库全书馆。翁方纲被任命为《四库全书》纂修官，又担任编修一职。曾主持江西、湖北、江南、顺天乡试，又曾督广东、江西、山东学政。

翁方纲画像

在北京任职期间，翁方纲曾与黄景仁同游陶然亭，并为陶然亭撰写过楹联："烟藏古寺无人到，榻倚深堂有月来。"这副楹联悬挂在陶然亭正面的抱柱上。光绪年间慈悲庵的主持僧静明请光绪皇帝的老师翁同龢重写。

翁方纲精通考据、金石、书法，书法与同时期的刘墉、梁同书、王文治齐名。在《艺舟双楫》中还记载了一个他与刘墉互相讥

陶然亭

评的故事。当时刘墉有一个得意弟子，是翁方纲的乘龙快婿。有一年正月初一，刘墉的学生到岳父翁家拜年，恭贺岳父翁方纲福体安康，万事如意。接着又奉上一卷不日前刘墉送给他的董其昌法帖让岳父观赏。翁方纲一行一行仔细地披览着，禁不住为董其昌高超的书法造诣而惊叹。但是当他读到卷末刘墉的跋语时，赞声戛然而止。翁方纲手指刘墉的字严肃地对女婿说："请你问问令师大人，他写的字哪一笔是古人的？"刘墉接到转告后，不假思索，当即回答："请你也问问令岳父大人，他写的字哪一笔是自己的？"由此可见翁方纲的书法的确达到了很高的境界，相传翁方纲能在瓜子仁上书写小楷字，功力精熟可见一斑。每过一岁，翁方纲必用西瓜子写下四个楷字，五十岁后写"万寿无疆"，六十岁后写"天子万年"，至七十岁后则变成"天下太平"。但他只是在技巧上下功夫，而始终墨守前人成规，不求创新，终究只是以功夫见长。

翁方纲还以藏书多而闻名。所居京师前门外保安寺街，家中图书文籍，插架琳琅。藏书楼有"小蓬莱阁""赐书楼"之称，乾隆三十三年因购得苏东坡手迹《嵩阳帖》、宋荦《施注苏诗》，遂将书楼改名"宝苏斋"。此后在每年十二月十九日苏东坡生日这一天，他都会请很多名士到家里共同祭奠这部书，在书上写跋语和题记，称为"祭苏会"。

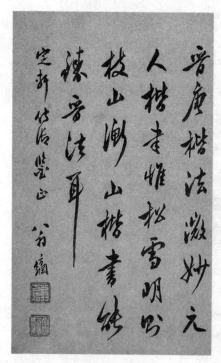

翁方纲书法作品

翁方纲有感于王士禛"神韵说"的含混、沈德潜"格调说"的软弱、袁枚"性灵说"的空疏，而提出了诗论学说"肌理说"。他把儒家经籍和学问看作诗歌的根本。他用肌理给神韵、格调以新的解释，目的在于使复古诗论重整旗鼓，与袁枚的性灵说相抗衡。但是他的一些诗有堆砌学问之嫌，缺乏灵动之美，因此袁枚曾经有诗讽刺他："天涯有客号詅痴，误把抄书当作诗。"不可否认的是，翁方纲有一些诗作自然鲜明，虚实兼美，在诗律研究上确实有其独到之处。

翁方纲著有《粤东金石略》《苏米斋兰亭考》《复初斋诗文集》《小石帆亭著录》《石洲诗话》等著作。翁方纲作诗共有2800余首，除了一些金石碑版和品题书画之作，有一些山水景物和游记的诗写得情真意切。

望 罗 浮

只有蒙蒙意，人家与钓矶。
寺门钟乍起，樵客径犹非。
四百层全落，三千丈翠飞。
与谁参画理，半面尽斜晖。

韩庄闸二首

秋浸空明月一湾，数椽茅屋枕江关。
微山湖水如磨镜，照出江南江北山。

门外居然万里流，人家一带似维舟。
山光湖气相吞吐，并作浓云拥渡头。

五、朱筠、朱珪兄弟的诗歌创作

大兴二朱学派是指清代朱筠、朱珪兄弟所创立的学派。

朱筠（1729—1781），字美叔，号竹君，一号笥河，大兴（今北京大兴区）人。乾隆十九年进士，官翰林院侍读学士，改编修，有《笥河诗集》20卷。朱筠与翁方纲并称为"北方之雄"。朱筠十三岁时就精通"五经"，家中藏书极多，所居"淑花吟舫"，聚书3万余卷，抄本10余种，编有《淑花吟舫书目》，著录有书千余种。朱筠还是清代著名的考据学家，后来担任《四库全书》纂修官，虽然在四库馆仅五年的时间，但他对《四库全书》的编纂却起到了极为重要的作用。当时，朱筠上奏折给乾隆皇帝，要对明朝《永乐大典》进行适当的编撰工作。乾隆十分重视，要求军机处商议，这就是《四库全书》编撰的由来。朱筠广搜民间藏书，收录在《四库全书》中。在编纂《四库全书》时朱筠曾四处行走，博闻宏览。朱筠对其弟子也多有提携，任大椿、汪中、武亿、孙星衍、洪亮吉、程晋芳、李威、章学诚都是他的弟子，皆为著名经学家或史学家，当时有"朱门弟子"之称。

朱筠创作的古诗有数千首，他认为"诗以道性情，性情厚者，诗浅而意深；性情薄者词深而意浅"。这有点类似于袁枚的"性灵说"。他常常在写景之时感怀历史之事，如他的《涿州道中·华阳台》一诗，借华阳台来写荆轲刺秦之事，发出了壮士之志未得申的扼腕之情：

城隅西北华阳台，镇日犹吹燕国灰。
名马骨存金饼掷，美人手好玉盘来。
苦心竟就函头计，恨事空余生角哀。

易水萧萧风莫渡，问谁置酒罚深杯。

朱珪（1731—1807），字石君，号南崖，晚号盘陀老人，为朱筠之弟。乾隆十三年进士，历任两个总督等职，有《知足斋集》12卷。通观《知足斋集》，其中赠答游历、感物怀人方面的作品颇多。如他的《涌泉寺》《喝水岩》《仙霞岭》《西阳岭》等都是通过写景来抒发自己的情感。在《滕王阁》中，朱珪远眺滕王阁外的风景，想起了昔日王勃也曾登临此地，不由得感慨万千，写下此诗：

江山何浩旷，今古共登临。
尊酒聚冠盖，风云助啸吟。
刻程将凤驾，揽胜及分阴。
来往劳津渡，凭阑一洗心。

除了文学才华，朱珪的为人也在清代历史上留下了盛名。朱珪在朝为官一生清廉，爱国爱民，品格端正，光明磊落，关心庶民百姓的疾苦，为国事呕心沥血，不惜牺牲个人利益，是古代官吏的楷模。相比其兄，朱珪出仕之后，除在京任散馆授编修、侍读学士外，一直在地方上做官。直到乾隆四十年，有人参奏朱珪，说他整天读书，不务正业，将其告到乾隆那里去了。乾隆深知朱氏兄弟的才华，于是大笔一挥，写下了"朱珪不惟文好，品亦端方"的字句。乾隆四十一年，乾隆皇帝命朱珪在上书房行走，教嘉庆帝读书。于是朱珪被授予翰林院侍讲学士，到上书房任永琰的专职老师。

朱珪品行清廉，学识渊博，古文、古诗词也造诣颇深。朱珪做了嘉庆的老师，既教授吟咏李杜诗篇、韩柳文章、苏辛词句，也从"四书""五经"中阐发仁政爱民、国以民为本的治国之道，特别是历代帝王的治国方略、御臣之术、安民之道、成败得失、经验教

朱珪画像

训。据说，在讲《出师表》时，朱珪特别透彻地讲解了"亲贤臣、远小人，此先汉所以兴隆也；亲小人、远贤臣，此后汉所以倾颓也"。他联系历代兴衰，强调君王应该自正自清，辨别贤奸。他还反复强调，修身要严格区分诚实与欺诈，看人应仔细辨别仁义与势利，君心正则礼义廉耻发扬。朱珪悉心教导，永琰学业大进。

乾隆四十四年，各省举行乡试，朱珪奉命督察福建学政，这是朱珪出任永琰老师后第一次离开，临行之时，朱珪留下了"养心、勤业、敬身、虚己、致诚"十字箴言，望永琰切记。永琰谨记在心，甚至当了皇帝之后，他仍然将其作为座右铭。

朱珪死后葬于北京近郊，至今仍有墓碑和墓志。据说，嘉庆皇帝曾两次亲奠其墓。可以说此番情谊在清代的"帝"与"师"中也是不多见的。

六、诗坛巨子舒位

舒位（1765—1815），清代诗人、戏曲家。字立人，号铁云。舒位出生的前一天晚上，其母沈氏梦见一个僧人折桂花自峨眉山来，故小字"犀禅"。直隶大兴人，生长于吴县（今江苏苏州）。
舒位的父亲为广西河池州知州。舒位出生在一个条件优越的家庭，
他的幼年时期也是在这样衣食无忧的环境中长大的。由于舒位出生
在书香门第，受祖辈影响，他从小喜好读书，饱读经史子集，舒位
年少聪颖，十岁能文，伯父希忠赞曰："此吾家千里驹也。"

舒位14岁随父任居广西永福县，其父官舍后有铁云山，因而自
号"铁云山人"。不久伯父犯事遭抄家，于广西任县丞的父亲也因
事失官，殁于江西。舒位奉父枢回老家，但家贫无屋而一度借居乌
镇，后来才移居苏州。舒位青年时家中衰败，不得不早早担负起
养家的责任。舒位奔走四方，四处游历，又曾九次上京赶考求取
功名，但终不得志。舒位经历了底层文人的苦楚，经历了许多奇闻
轶事，也在诗中抒发了自己的情感和所见所闻。如在《春晚宴集闻
歌》这首诗中就已经感受到了作者浓浓的乡愁了：

> 隔岭音书飞雁少，闭门风雨落花多。
> 南邻亦是消愁地，乘兴还能许再过？

舒位是个至孝之人，数月或岁末便回家看望母亲，往返于乌镇
和石门两地，无论风雨寒暑还是舟车颠簸，都挡不住舒位归家探母
的心绪，在他的诗中也可以感受到：

> 慈云无恙答春和，双鬓微窥半欲皤。
> 人到还家贫亦好，母皆爱子老尤多。
>
> （《岁暮归舟，怆然有作》）

母亲去世后，舒位奔丧回家，由于悲伤过度成疾，同年除夕去
世。

舒位画像

舒位的诗作很有成就，可他非常谦逊，把自己的知识和创作成就比作大海中的一瓶水，所以命名自己的书斋为"瓶水斋"。著有《瓶水斋诗集》17卷、《瓶水斋诗别集》2卷、《乾嘉诗坛点将录》1卷等。

舒位倾心于袁枚的"性灵说"，他的诗作强调性情，他认为诗歌要表达真性情，如果性情不真，虚情假意勉强作诗，即使成诗也不是佳作。在舒位的写景感怀诗中表现得尤为突出。

冷落回塘欲暮时，峭帆嫋娜去何之。
数行鸿雁飞来少，一段风烟客到迟。
关吏尚嫌愁未税，榜人惟有梦相知。
偶然渔火江枫地，记得寒山寺里诗。

（《枫桥》）

唐代诗人那首耳熟能详的《枫桥夜泊》中所写的"江枫渔火对愁眠"之愁就是写的一个书生落榜之愁，而舒位的这首《枫桥》也是诗人在23岁试举不第自京城南归时所作。通过枫桥之景抒写了作者的愁苦之情，表达得情真意切。

舒位四处漂泊的经历也成就了他的游记写景和风俗民情之作。所见山水湖泊、地方风俗，都以诗记录下来。如《望水亭瀑布歌》《抵贵阳日作》《西苗二首》等都是写景与风俗的佳作。

舒位的诗歌不论在思想内容上还是艺术形式上都有自己的特

点，没有像清朝前期遗民诗人那样的批判锋芒，只是表现出一种洒脱真实，给清代的文坛带来了新的生机。

除了诗歌，舒位有一篇《乾嘉诗坛点将录》的作品，十分有特色。他以梁山好汉的排位形式来评点当代诗坛108家诗人，据说是舒位和陈文述（云伯）以及二三名士，酒余饭后，游戏闲谈当时诗坛人物而成的。其中以沈德潜为托塔天王，袁枚为及时雨，毕沅为玉麒麟，钱载为智多星，蒋士铨为大刀，赵翼为霹雳火……当时诗坛名人如洪亮吉、黄景仁、阮元、张问陶等人也各有其位。虽然有模仿《东林点将录》之嫌，但也在内容和形式上另有新意。在人物的编排上，他并没有完全按照《水浒传》里描写的排位进行安排，而是根据被评点人物的特征做了一些调整。他还使用了赞语，这些赞语，多则数十字，少则六字八字，既说明了被点评者的特征，又考虑了《水浒传》相应人物的性格与遭遇，精辟而有韵味。

七、边浴礼等晚清诗人创作

边浴礼（1820—1861），字夔友，号袖石，直隶任丘（今河北任丘）人。道光二十四年进士，授编修，历官河南布政使。边浴礼有经世之才，喜好诗词，有"畿南才子"之称，著有《健修堂诗集》《空清馆词》《袖石诗钞》等著作。

边浴礼是晚清时期的诗人，当时清朝廷内忧外患丛生，政局动荡，列强入侵，民众苦鸣，此时期的诗人都有着一种忧国忧民之情。边浴礼也在时代的动荡中用诗文表现自己的忧愁、苍凉之感。他在诗中感慨时局，悲歌沉郁，如这首《望远》：

> 时事忧晁贾，骚心怨景唐。
> 检书过日暮，望远及秋凉。

　　草野谁清讥，兵农泥古方。

　　崇兰饱霜露，耿耿叹凋伤。

　　边浴礼将自己的凄凉之感投射到兰草上，霜露也在暗示着秋日
的凋敝，隐喻这不安的时局。

　　张佩纶（1848—1903），字幼樵，一字绳庵，又字篑斋，直隶
丰润（今河北唐山丰润）人，同治辛未进士，授翰林院侍讲，是晚
清时期的名臣。早年在京城与李鸿藻、潘祖荫、张之洞、陈宝琛、
宝廷等同为"清流"派，以弹劾大臣而闻名。张佩纶结过三次婚，
在第三次婚姻中，娶了李鸿章的女儿李菊藕为妻，生有一子一女，
儿子张志沂就是近代著名女作家张爱玲的父亲。张佩纶学问渊博，
与清代名臣张之洞并驾。他毕生致力于研究《管子》，擅长奏议，
著有《涧于集》《涧于日记》等。仿照《四库全书》之例，编撰的

张佩纶　　　　　　　　　　　　　　　　　　　李鸿章之女李菊藕

李鸿章　　　　　　　　　　　　　　　　　　　　　　　张爱玲

藏书目录有《管斋书目》《丰润张氏书目》，著录书籍600余种。

　　作为清代政坛"清流"派代表人物之一，他的主要心力多放在政治朝堂上，文学创作上并没有取得多大的成就，但是作为晚清文士，他的诗歌创作确实有一些可圈可点的地方。他的诗歌风格多样，多抒写慷慨悲昂和忧愤悲怆之情，在他的诗中，可以看到他对现实的关切。《塞上秋热用王荆公韵》描写了塞上的酷热；《和东坡石炭》则写了采煤的艰难；在马尾战败后被革职贬成的经历也让他的诗歌充满了悲凉之感，抒发着无尽的志士情怀。

　　　　清时乘障谪居安，六拍悲笳且罢弹。
　　　　牛血调能明蒋琬，乌头何惜誓燕丹。
　　　　短衣离地舆台笑，芒屦循溪父老看。
　　　　九死孤臣亲啮雪，恩深未觉塞垣寒。

　　　　　　　　　　　　　　　　　　（《谪居》）

张之洞

张之洞（1837—1909），字孝达，号香涛、香岩，又号壹公、无竞居士，晚年自号抱冰，直隶南皮（今河北南皮）人。张之洞出生于贵州，他父亲张瑛曾在那里做官，因其祖籍为直隶南皮县，所以有"张南皮"之称。南皮张家是望族，明清两代科考中，张氏族人考中进士以上21人，举人50余人，秀才200余人，出过从七品知县到一品大员几十名，到张之万（张之洞堂兄）、张之洞，张家的声威达到极盛，被称为"东门张氏"。

张之洞是晚清洋务派代表人物之一，他不仅是一个政治家，同时也是清代文坛上不可忽略的诗人。在诗歌创作中，张之洞汲取了唐人杜甫、韩愈和宋人王安石、苏轼等人的长处，形成了自己的独特风格。身处晚清时期，内忧外患，他感受到了时代的悲凉，在他的笔下也多流露出"忠愤"之情。张之洞的许多诗作都带有反映现实、关心时事的内容，即便是一些登览游赏之作也饱含忧患意识。在《人日游草堂寺》中他携酒出游，不觉怆然，表达了对唐朝诗人杜甫的悼念之情。

在《登采石矶》中他以景入诗，咏叹南朝旧事，发出了不胜今昔的感叹：

艰难温峤东征地，慷慨虞公北拒时。
衣带一江今涸尽，祠堂诸将竟何之。
众宾同洒神州泪，尊酒重哦夜泊诗。
霜鬓当风忘却冷，危栏烟柳夕阳迟。

张之洞故居

张之洞视察卢汉铁路

第五章　清代的河北戏曲创作

　　清代戏曲创作是走下坡路的，河北的戏曲创作也不例外。衰落的原因主要是因为元杂剧自元代后期南迁，北方的戏曲创作一直没有发展起来。但是这也不代表河北的戏曲是一片空白的，虽然比不上元曲大家，但也有一些优秀的作品出现。清代河北戏曲创作的内容主要有三方面：一是关注历史重大题材或是根据历史事件改编，如刘键邦的《合剑记》、孙郁的《天宝曲史》、曹寅的《续琵琶》、董榕的《芝龛记》；二是根据前人小说内容改编的，如边汝元的《鞭督邮》和《傲妻儿》；三是传统戏曲才子佳人戏，如孙郁的《双鱼佩》、张应揪的《鸳鸯帕》。

一、刘键邦与《合剑记》

　　刘键邦，正定（今河北石家庄）人。他所创作的《合剑记》讲述了明末辽左杏山人彭士弘，以举人的身份任真定南宫知县，并将其侄彭可谦带在身边。他们访友人吴三桂，吴三桂当时任辽阳总镇，将名为腾空、画影的雌雄二剑赠予彭士弘。彭士弘自己佩带画影，并将腾空转赠给彭可谦，令其留在杏山，作为他日救援之计。彭士弘上任后审判官司，秉公处理冤假错案，为当地的百姓伸张正义。其中有一个案件是：王义因恶霸赵申将其父亲王炳殴打致死，想要为父报仇，却反被赵申冤枉陷害，判刑入狱。彭士弘为王义洗清冤屈，王义感其恩，誓以死报。王义冤案昭雪不久，正赶上李自成部下刘方亮攻打南宫，典史同化金投降。彭士弘托王义将其妻妾和二子设法带出南宫，王义等几人攀抓绳索逃出南宫城后，将彭士弘家眷带出南宫，并安顿在王义姑姑家。留在城中的彭士弘誓死不降，撞碑而死。王义再次潜入南宫城，盗取彭士弘骨骸，偷偷葬于南亭后面。王义将彭士弘遗体安葬后，便去彭士弘家乡寻找彭士弘的侄子彭可谦。可谦得知叔父遇难，便前往吴三桂大营，请求吴三桂出兵剿灭李自成、刘方亮。吴三桂于是起兵抗敌，终于将仇人杀死，可谦回到南宫，并接彭士弘家眷回到杏山。南宫民众为彭士弘修建了忠孝节义祠。彭可谦授堂邑县令。

此剧作于清顺治年间，李自成的部下刘方亮攻打南宫时，彭士弘誓死不屈，当时作者刘键邦为亲历者，所以刘键邦的《合剑记》正是以自己亲见亲闻的经历，描述了明末农民起义风云下的众生相，并以此来表彰像彭士弘那样的忠孝节义之士。

《合剑记》影印本

二、孙郁与《漱玉堂三种传奇》

孙郁，字天雄，号雪崖，别署苏门啸侣、雪崖主人、雪崖啸侣，河北大名人。孙郁于清康熙三年考中进士，康熙十二年任浙江梧桐知县，但不久就被罢官。他被罢官的原因并无记载，但据一些史料推测，可能是因为孙郁得罪了上司，但又不愿"折腰"的缘故。孙郁是一位诗人，他所创作的诗文"树帜中原，声名籍甚"，他创作的词曲"流传江左，吴儿竞歌之"。孙郁与戏剧家李渔交往颇深，这也是孙郁改编李渔小说为戏曲的源头。

孙郁所撰的传奇《绣帏灯》《双鱼佩》《天宝曲史》，合集为《漱玉堂三种传奇》。这三部传奇的题材各不相同：《绣帏灯》是妒妇戏，《双鱼佩》是才子佳人戏，《天宝曲史》是历史剧。

《绣帏灯》讲述的是常山人穆弘，年将半百，尚无子嗣。其妻子淳于氏，是一个对丈夫有着极强占有欲的妒妇，一直不允许穆弘纳妾，甚至用刑具威逼丈夫。他们的邻居费隐公在治妒方面非常有谋略，他与邻居田二妈帮助穆弘娶了一妾，名为雅娘。淳于氏拷打穆弘和雅娘。穆弘假借上京赶考为名，去找费隐公，费隐公出主意让田二妈以八十金买得雅娘，送与穆弘团圆。又让穆弘写了假遗书，去报给淳于氏。淳于氏深悔无子，想要改嫁，托田二妈说媒，并将家中财物盗出。后来费隐公使计让淳于氏认识到了自己的劣行，羞愧自缢，费隐公出面调解，淳于氏痛改前非，一家和睦。

剧中费隐公是一个军师一般的人物，他善于治妒，给穆弘出谋划策，费隐公如佛灯烛照绣帏，所以名为《绣帏灯》。孙郁基本沿袭了李渔《无声戏》第七回《妒妻守有夫之寡，懦夫还不死之魂》的情节，进行了改编。

《双鱼佩》讲述的是苏州人柳应龙饱读诗书，自幼丧失父母，寄居在表亲奚家，与奚氏兄弟必文、必学一起读书。奚氏兄弟是两个不学无术的纨绔子弟，向其邻居花想容家提亲，均遭到拒绝。而花想容却在一次偶然的机会中与柳应龙互生好感。奚氏兄弟以假情书来约应龙私会使其难堪。柳应龙思念想容成疾。两人在梦中互赠玉鱼佩作为定情信物，醒来后发现身边果有对方信物。而与此同

戏曲人物梅妃

戏曲人物杨贵妃

时，南京名妓乔衣云也在梦中梦到柳应龙。江南秋闱，柳应龙中解元，托奚家兄弟为媒，前往花家下聘礼。在南京柳应龙与乔衣云相识，以玉佩赠衣云。之后应龙上京应试。奚家兄弟从中使坏，骗衣云母女到花府。谁知，花想容见到衣云，相亲相慕，拜为姐妹。柳应龙中状元，授予翰林，奉旨归家娶亲。结婚之日，想容假装向应龙索要玉鱼佩，应龙十分尴尬。第二日，想容告诉应龙，已另娶一妾，见面时，才知是衣云。三人终得以团圆。

很明显，孙郁的《双鱼佩》受到了汤显祖《牡丹亭》的影响，都是在梦中写才子佳人的爱情故事。但是从人物情节上未见著录，均为虚构。虽然都是写才子佳人，但是孙郁剧中两个佳人的社会地位却相差悬殊，结果却是两人一见如故，彼此欣赏。这在现实生活中几乎是不可能的，只能说是孙郁在为风流文人找一个解决矛盾的借口罢了。无论是《绣帏灯》还是《双鱼佩》，一夫多妻，男尊女卑的封建糟粕思想也确实在剧中有所体现。维护封建社会男子地位的男权思想不是孙郁一人所有的，而是在封建社会大部分正统文人身上都有的封建烙印。

《天宝曲史》取自唐明皇李隆基与梅妃江采萍、贵妃杨玉环的故事。剧中以天宝史实为背景，大胆描写了唐明皇的荒淫，梅、杨二妃的争风吃醋。孙郁将安史之乱的原因归咎为帝妃的败伦丧德，尤其是一国之君，更应以江山社稷为重，这也是《天宝曲史》创作的主要动机。与其他两部戏曲不同，《天宝曲史》作为历史剧，是孙郁自觉承担历史使命的一部剧作，孙郁生在明清易代之际，对于王朝的兴衰更迭感触很深，因此，借此剧来反思当下，提醒现在的君王。

三、曹寅与《续琵琶》

曹寅（1658—1712），字子清、幼清，号荔轩、栋亭，别署雪樵、柳山居士、柳山聱叟、西堂扫花行者、棉花道人等。先世为汉族，祖籍河北丰润（今河北唐山丰润区）人，迁居辽阳（今辽宁沈阳市），后入汉军正白旗籍。《红楼梦》小说作者曹雪芹，即其孙。曹寅的文学创作在清初满洲八旗文人中占有很高的地位。他创作了《北红拂记》《太平乐事》《虎口余生》《续琵琶》等著作。

《续琵琶》是以《后汉书·列女传》中"文姬归汉"的故事为原型的。它讲述的是东汉末年陈留人蔡邕，官拜议郎，纂修汉

史。因见朝中宦官专权，于是
弃职归隐。蔡邕有个女儿叫蔡
琰，字文姬，品行端庄，喜好
文墨。蔡邕因董卓所迫而赴京
做官，临行前将汉书未完稿的
部分托付给蔡文姬。后来天下
动乱，四处交兵。董卓被杀，
蔡邕也因此获罪，被司徒王允
所囚并吊死在狱中。蔡文姬则
于兵荒马乱中被匈奴掠走，文
姬貌美，于是匈奴把她献给了
左贤王为妻。文姬思汉，作了
《胡笳十八拍》琵琶曲。曹操
出于对故人蔡邕的怜惜和怀
念，把蔡文姬接了回来，并召
入朝中整理蔡邕所遗书籍，编
写汉史。这就是历史上所谓的
"文姬归汉"的故事。这个故
事不仅仅讲述的是乱世中一代
才女命运多舛、心怀家园的故
事。更多的是在蔡文姬身上赋

曹寅画像

曹寅雕塑

予了一种文化意义。蔡文姬归汉后，凭借自己高超的学识和非凡的
记忆，将父亲所留下的四百余篇书籍进行整理编纂，而且"文无遗
误"，完成了动乱岁月中的一次宝贵的文化传承。

　　历史剧的创作，作家往往会面临历史真实和还原的问题。以
史载剧就是以剧述史。曹寅也尽可能地在创作中遵循历史的本来面
目，还原乱世中剪不断理还乱的情理冲突和夹缝中艰难求存的文化

坚守。

曹寅在还原历史的同时，也在戏曲创作中对历史人物进行了重新审视和定位。在戏曲舞台上，曹操的形象往往是白脸奸臣。而曹寅则在情节设定和曲词上突出了曹操的正面特点，例如曹操不忍杀祢衡，并且派爱子曹彰出兵解救蔡文姬等情节，从而体现了曹操有胆识，有才智，求贤若渴，心怀天下的英雄形象。

此外，在唱词上，曹寅也做了精心设计，将曹操所作的诗歌《观沧海》《短歌行》《龟虽寿》等融入唱词中，如：

> ［大红袍］孤本甚庸愚，聊立微名耳。筑舍谯东，欲秋夏读书，冬春射猎，粗以为身生计。吾曾记东临碣石，遥观沧海，澹澹水流，更山岛竦峙，但只见草木芳菲，日月儿星辰儿若出其中，若出其里。叹人世逝水年华，龟寿怎比，想乘雾腾蛇，那腾蛇儿乘雾飞，毕竟也成灰，咳！俺好似伏枥的骐骥，枉自道志在千里，不多时又做了暮年的烈士，皓首苍颜，壮心犹为己。唱道是对酒当歌能几时，朝露易晞，除杜康解忧思，青天外月明星稀，夜乌南飞，那时节浩歌归矣。

四、董榕与《芝龛记》

董榕（1711—1760），字念青，号渔山、恒言、定岩、谦山，别署繁露楼居士，丰润人。董榕于雍正十三年取得拔贡资格，以廷试第一名的成绩，历任巩县、孟津、济原、新野、夏邑知县，陈州通判，郑州、许州知州，浙江金华、江西南昌知府，后分巡吉南赣宁道，他所在的地方都有善政。董榕著有诗文集《庚洋集》《庚溪集》《诗意》等，撰有传奇《芝龛记》。

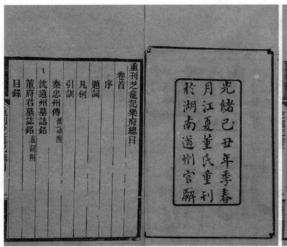

《芝龛记》

沈云英杀敌图 　　　　　　　　　　　程砚秋扮演的沈云英

　　《芝龛记》以明代万历、天启、崇祯三朝重大史事为依据所写，主要讲述的是明末秦良玉（明石砫宣抚使马千乘的妻子）有智谋，善骑射，通词翰。明万历年间，马千乘到播州镇压农民起义军，秦良玉女扮男装带兵随夫出征。马千乘死后，秦良玉代夫征

秦良玉画像

秦良玉雕塑

戏曲《秦良玉》剧照

秦良玉练兵遗址万寿寨

讨奢崇明。沈云英乃道州守备沈至绪之女，善书法，通经史，能骑射。沈至绪被农民起义军张献忠所杀，沈云英率十余骑入义军背负父亲尸首突出重围。通过写两员女将沈云英、秦良玉奋勇杀敌的作战经历，表现了她们对明王朝鞠躬尽瘁，不惜以身相殉的爱国忠君思想。这部戏剧场面宏大，涉及历史上很多事件和战争场面。董榕还在正史剧中加入了鬼神等元素，使整个戏剧虚实结合，更有韵味。

清末著名的女革命家秋瑾少年时期非常喜欢读董榕的《芝龛记》，并且对这部传奇戏曲题写了组诗：

今古争传女状头，红颜谁说不封侯？

马家妇共沈家女，曾有威名振九州。

（《题芝龛记》其一）

莫重男儿薄女儿，平台诗句赐蛾眉。
吾侪得此添生色，始信英雄亦有雌。

（《题芝龛记》其三）

秋瑾借此歌颂了女英雄，批判了重男轻女的封建思想。这组诗也显示了秋瑾少年时期争取妇女解放的思想，同时也看出了她叱咤风云的英雄气概。

五、张应揪与《鸳鸯帕》

张应揪，字松岩，玉田（今河北唐山玉田县）人。清雍正十年考上举人，后来就屡试不第。乾隆三十年，张应揪当上了四川筠连知县。他吏治宽厚，被百姓们赞颂为"贞惠仁廉"。他在诗文创作方面也颇有成就，著有《佩兰诗集》，著传奇《鸳鸯帕》。

《鸳鸯帕》中所写之事本是出自素庵主人《锦香亭》小说中的情节。主要讲述的是：赶考书生钟景期是唐朝武陵人，一次他偶然误入主考官御史葛太谷的花园之中，并拾到了小姐葛明霞遗失的绫帕，帕上有明霞小姐题的诗。慌乱中，钟景期遗失了自己写有诗的手帕，又恰被明霞侍女拾得，交与明霞小姐。明霞读诗，称赞其诗并心生爱慕之情。景期发现手帕遗失又再次回到园中，遇到侍女红于误以为是小姐明霞，就将手帕还于红于，忽然听到下人报葛老爷回府，景期仓促逃走。明霞收回自己手帕，并将景期手帕交于侍女红于，并嘱咐她找机会还给钟景期。皇上授予葛太谷为范阳节度，郭子仪为朔方节度。葛太谷临赴任范阳前，托李白为其小女明霞寻得良婿。为了避免舟车劳顿，明霞及侍女红于、乳娘等人乘船渡河去范阳。钟景期考中了状元，去河北任节度使。李白向景期提及明霞之事，景期欣然同意。后来，明霞等人的船遇上风浪，船也打翻了。明霞被一个打鱼的妇人所救，后来被这个妇人骗至郭子仪府中，卖给了郭子仪做妾。乳母与侍女红于死里逃生，恰巧遇到了钟景期，红于谎称自己是小姐，景期也以为那日在园中相遇的红于是小姐明霞，于是将其送回至葛府。葛太谷以为小姐已死，悲痛万分之际，认红于为义女，与景期定姻。明霞告知郭子仪自己的身份，郭子仪上奏皇上将明霞许配给钟景期。圣上准奏并赐婚。最后明霞、红于一同嫁于钟景期，两人各执赋诗的绫帕，皆大欢喜。

六、边汝元与《渔山杂剧三种》

边汝元（1653—1715），字善长，号渔山，别署桂岩啸客，直隶任丘（今河北任丘）人，边汝元虽出身官宦之家，却无纨绔子弟习气，唯好读书、藏书，为人孝悌忠厚，同胞兄弟及叔伯弟兄共22人，都以其为楷模。边汝元还曾与邑中能诗者12人结为诗社，称为"还真社"，诸人不问俗事，常常携卷帙、杯壶，据林下高吟，醉则痛哭。边汝元著有《桂岩草堂文集》《桂岩草堂诗集》《渔山诗草》等著作。他创作的杂剧有《羊裘钓》《鞭督邮》和《傲妻儿》，总称《渔山杂剧三种》，

张飞怒鞭督邮

也称《桂岩啸客杂剧》。《羊裘钓》是边汝元 26 岁时的作品，剧本至今已不得见，所以内容也不可知。《鞭督邮》与《傲妻儿》则是其晚年作品，写作之时边汝元已有 59 岁。

《鞭督邮》是以《三国演义》第二回《张翼德怒鞭督邮》的故事改编的。讲述的是刘备任平原县令时，督邮百般刁难，诬供刘备有贪污罪状，百姓保举刘备，督邮却不予理睬。张飞趁酒醉怒鞭督邮，刘备于是弃官离去。边汝元借此故事来抨击贪官，不禁让观众为之鼓掌称快。

《傲妻儿》中的故事取自于《金瓶梅》《西门庆捐金助朋友，常峙节得钞傲妻儿》一回，写市井小民常峙节在酒馆招待应伯爵并请他帮忙向西门庆借钱，最终借得十几两银子，常峙节怀揣着银子回到家中后，骄傲教训妻子的故事。边汝元在原小说的基础上进行了改编，使得剧情、人物更加合理、丰满。例如在表现西门庆家中奢侈富贵的生活状况时，并没有直接写他家中有多么富丽堂皇，而是仅仅以一箱衣服来表现其日常生活的骄奢淫逸。这部剧最经典的部分就是最后一折，常峙节与其妻子的对话，也就是"傲妻儿"部分。妻子常常埋怨丈夫无能，还经常拿他和应伯爵对比，让他多学学应伯爵。而这次常峙节从西门庆那里借到了银子，就自认为自己时来运转，攀上了西门公子的高枝，便煞有介事地教训起其妻子来。常峙节的倨傲骄横带有浓厚的讽刺意味，让观众听来觉得其又悲哀又可笑。

边汝元一生怀才不遇，唯将情感寄托在诗词和杂剧上。《鞭督邮》与《傲妻儿》体现出边汝元数十年的创作功底和人生感悟，是河北清代杂剧中的优秀作品。

第六章　清代的河北小说创作

　　清代河北的小说创作数量很多，出现了一些较有成就的作品。鸦片战争爆发之前，清朝初年的小说创作多为文言短篇小说，到了乾隆时期，河北文坛迎来了小说创作的高峰期，此时的小说不仅有文言小说，还出现了白话小说，而且出现了影响较大的名篇佳作，例如纪昀的《阅微草堂笔记》、曹雪芹的《红楼梦》、李汝珍的《镜花缘》等，这些著作都为后人提供了宝贵的文史研究资料。到鸦片战争爆发以后，此时，中国社会内部动荡不安，外部列强侵犯，救亡图存成为时代的主题。此时的河北作家也多表现此类的主题，以白话小说为主。

一、群星灿烂的河北小说创作

　　清朝时期的河北文坛上，有哪些优秀的小说家呢？
　　梁维枢，字慎可，正定人，创作有《玉剑尊闻》10卷，仿刘义庆《世说新语》的体例和门类，写明代的轶闻琐事。书中的内容在一定程度上是梁维枢生活经历的折射。20岁之前的他放荡不羁，20岁以后则发奋读书，埋头政务。在他的书中，有篇《唐子畏》，写的是唐伯虎假扮佣书、拐走主人婢女的故事，表现了风流文人放荡不羁的性格特点。而在《王琏》《刘东山》等小说中，则表现了官员廉洁奉公的道德品格。作者正是以小说来向人们宣告自己的人格品行。

宋起凤，字来仪，直隶广平（今属河北）人（一说沧州人）。宋起凤著作颇丰，经、史、诗、文、笔记小说都有，其中《稗说》是他创作的文言笔记小说。《稗说》一共4卷，共150余则，全书内容丰富，主要讲述了明末清初文臣武将、诗翁画客、隐逸奇士、僧道高人的传闻逸事，其中还包括明代典章制度、宫殿建筑、园林胜迹、风俗传统、民间逸闻、风物特产等。

崔象川，河北蠡县人，著有小说《白圭志》《玉蟾记》。《白圭志》讲述的是才子张庭瑞与才女杨菊英、刘秀英曲折离奇的爱情故事，是典型的宣扬"才子佳人相配"的小说。《玉蟾记》讲述的是明朝嘉靖皇帝在位二十年后，奸相严嵩乱政，忠臣良将纷纷牺牲卫国的背景下，明代大将张昆与十二名女子铲奸除恶最终完婚的故事。《玉蟾记》是作者主观思想观念的故事化演绎，带有才子佳人、劝善讲俗和武侠小说融和的倾向，利用因果轮回、善恶有报的思想，宣扬了忠臣必有善报、奸臣必有恶报的观点。

何迥，河北保定人，他所著的《狮子血》是一部值得关注的晚清小说。《狮子血》又名《支那哥伦波》，小说涉及北冰洋、墨西哥、西班牙、爪哇、非洲等场景，描写出了各大洲的自然景象、历史演变、地理分布、文化风俗等。主要讲述的是山东人查二郎任船长，率领着船员驾船自山东登州出海，远航探险的故事。小说内容的变革和模仿西方冒险、探险小说的写作手法在当时晚清小说中颇有新意。

二、纪昀与《阅微草堂笔记》

说起纪昀，很多人都会自然地想到电视上纪晓岚的形象，可真

纪晓岚画像

实的纪晓岚真的如荧屏中那个与和珅天天斗嘴的"铁齿铜牙"一样吗？他所创作的《阅微草堂笔记》又是怎样的一部小说呢？

纪昀（1724—1805），字晓岚，号春帆、石云，别号观弈道人、茶星、三十六亭主人、孤石道人，直隶献县人，是清代著名的学者、诗人和小说家。四岁开始启蒙读书，十一岁随父入京，二十一岁中秀才，三十一岁考中进士，官至礼部尚书、协办大学士，曾任《四库全书》总纂修官，十三年中披星戴月编书，终于编成经、史、子、集四部，还亲自撰写了《四库全书总目提要》。纪晓岚以才名世，号称"河间才子"，一生精力悉付于《四库全书》，并且著有笔记小说《阅微草堂笔记》和《纪文达公遗集》等著作。《纪文达公遗集》是纪晓岚的一部诗文总集，包括诗、文各十六卷，为别人作的墓志铭、碑文、祭文、序跋、书后等。因其"敏而好学可为文，授之以政无不达"（嘉庆帝御赐碑文），故卒后谥号"文达"，乡里世称"文达公"。

在影视剧中，纪晓岚与和珅是一对冤家，常常在乾隆帝面前争论不休，而在现实中，纪晓岚却比和珅大二十六岁，所以影视剧更多的是对纪晓岚形象的艺术塑造。但是有关纪昀的民间故事却有很多，他诙谐幽默，机敏多变，才华出众，给后世留下了许多趣话。

有一次，正值盛夏，纪晓岚在编纂《四库全书》，他打着赤膊坐在案前。这时，乾隆突然驾到。衣冠不整见驾就有欺君之罪，更何况纪晓岚这副模样！他连忙钻进桌子底下躲避。其实乾隆早就看到了，向左右摇手示意，叫他们别作声，自己就在纪晓岚藏身的桌前坐下来。时间长了，纪晓岚感到憋闷，听听外面鸦雀无声，又因桌围遮着看不见，不清楚皇上走了没有。于是低声问其他同僚："老头子走了没有？"乾隆听了很气，故意喝道："放肆！谁在这里？还不快滚出来！"纪晓岚没法，只好爬出来跪在地上。乾隆说："你为什么叫我老头子？讲出来则生，讲不出来则死！""启奏万岁。"纪晓岚答道，"'老'乃长寿

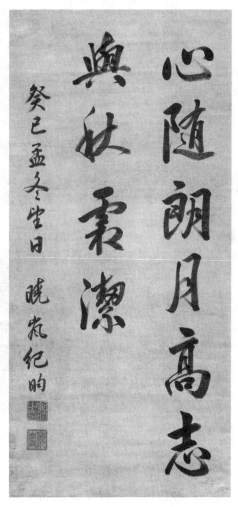

纪晓岚书法

之意，万年长寿为老也。陛下是万岁，应该称'老'。'头'为万物之首，天下万物的首领即头矣。陛下尊为君王，举国之首，万民仰戴，当然是'头'。'子'乃圣贤之称，孔子、孟子均称子焉。呼'老头子'乃至尊之称。"乾隆笑道："卿急智可嘉，恕你无罪！"

《阅微草堂笔记》

纪晓岚故居

相比年轻时的纪晓岚才华横溢、血气方刚，晚年时，更多了一份对生活阅历的沉淀。《阅微草堂笔记》正是这一心境的产物。

《阅微草堂笔记》共24卷，其中包括《滦阳消夏录》6卷、《如是我闻》4卷、《槐西杂志》4卷、《姑妄听之》4卷、《滦阳续录》6卷。是以记述狐鬼故事、奇特见闻为主，以笔记形式写成的志怪小说，可与《聊斋志异》媲美，人们把这两部作品誉为清代笔记小说中的"双璧"。

《阅微草堂笔记》全书涉及的内容十分广泛。主要搜集了各种狐鬼神仙、因果报应、劝善惩恶等流传的乡野怪谈，或亲身经历、所见所闻的奇闻轶事，从不同角度反映了清中叶的社会面貌。《阅微草堂笔记》基本上继承了六朝志怪传统，并将自己的学术思想和治学态度融入故事的叙述和议论之中，以从容自然的口吻娓娓道来，其内容丰富多样，语言质朴淡雅，风格亦庄亦谐。

从内容上来说，《阅微草堂笔记》记载了大量社会基层、边疆士卒和少数民族的故事，赞扬他们的勤劳质朴和胆识，并对当时的民间疾苦寄予了很深的同情。同时，也揭露了官场的昏庸腐朽，对官场的腐败现象深恶痛绝。全书还具有鲜明的反礼教色彩，以生动的故事揭露了礼教的残酷，尤其对道家言行的虚伪、世俗偏见的迂腐毫不留情地进行了抨击。纪晓岚对于"存天理、灭人欲"的封建伦理道德多有抨击，认为是这些所谓的"理"禁锢了人们的思想，压抑了人们的情感。书中还有一些描写王公贵族、豪门富商、恶霸地主依仗权势横行不法的故事，揭露了封建士大夫阶层的一些不良作风和恶习，抨击了世态人情的浅薄虚伪。

《阅微草堂笔记》记述了许多民间故事、民俗趣事和里巷异闻，这其中也不乏有一些荒诞不经、迷信糟粕的封建思想，但透过这些庞杂的内容，我们可以发现其中所隐藏的思想内涵，因此，《阅微草堂笔记》的价值是其他作品所无法替代的。鲁迅先生在《中国小说史略》中对《阅微草堂笔记》有过高度评价："纪昀本长文笔，多见秘书，又襟怀夷旷，故凡测鬼神之情状，发人间之幽微，托狐鬼以抒己见者，隽思妙语，时足解颐；间杂考辨，亦有灼见。叙述复雍容淡雅，天趣盎然，故后来无人能夺其席，固非仅借位高望重以传者矣。"

让我们来欣赏一则《阅微草堂笔记》中的故事吧。

有一官公服昂然入，自称所至但饮一杯水，今无愧鬼神。王哂曰：设官以治民，下至驿丞闸官，皆有利弊之当理，但不要钱即为好官，植木偶于堂，并水不饮，不更胜公乎？官又辩曰：某虽无功亦无罪。王曰：公一身处处求自全，某狱某狱避嫌疑而不言，非负民乎？某事某事畏烦重而不举，非负国乎？三载考绩之谓何，无功即有罪矣。

译文：有一官员身穿官服，昂首挺胸地走进殿来，声称自己生前无论到哪里，都是只喝一杯水，现在来冥府报到，无愧于鬼神。阎罗王微微一笑，说："设立官职是为了治理民众的事情，下至管理驿站、河闸等，都有应该做的事。仅仅认为不要钱就是好官，那么把木偶放在大堂上，它连一杯水也不喝，不更胜过你吗？"这位官员又辩解说："我虽然没有功劳，但也没有罪过。"阎罗王说："你这个人不论干什么都只顾保全自己，某案某案，你为了避免嫌疑而不表态，这不是有负于百姓吗？某事某事，你拈轻怕重而不去做，这不是有负于国家吗？三载考绩，是怎么说的？没有功劳就是罪过。"

三、曹雪芹与《红楼梦》

我国四大名著之一的《红楼梦》（原名《石头记》），是一部具有高度思想性和高度艺术性的伟大作品，它成书于清代乾隆年间，以荣国府的日常生活为中心，以宝玉、黛玉、宝钗的爱情婚姻悲剧及大观园中点滴琐事为主线，以金陵名门贵族贾、史、王、薛四大家族由鼎盛走向衰亡的历史为暗线，展现了穷途末路的封建社会终将走向灭亡的必然趋势。并以其曲折隐晦的表现手法、凄凉深切的情感格调、强烈高远的思想底蕴，对当时社会进行了全方位的描写，对封建礼教、统治思想、科举制度、包

电视剧《红楼梦》剧照

办婚姻等进行了深刻的批判，在中国古代民俗、封建制度、社会图景、建筑金石等各领域皆有不可替代的研究价值，达到中国古典小说的高峰，因此被誉为"中国封建社会的百科全书"。其思想艺术力量，不但震撼了当时社会，还引起了后人的研究，产生了专门的"红学"研究。《红楼梦》还多次搬上舞台，在清代以《红楼梦》为题材的传奇、杂剧就有20多种。到了近代，在京剧和各个地方剧种、曲种中出现了数以百计的红楼梦戏，其中梅

曹雪芹画像

兰芳的《黛玉葬花》、荀慧生的《红楼二尤》等，经过杰出艺术家的再创作，成为戏曲表演中的精品。而红楼梦也被多次改编成影视剧，至今仍然是经典之作。

　　《红楼梦》的作者一直在学术界存在争议，主流的观点有两种：一种观点认为小说前80回是曹雪芹著，后四十回是高鹗著；另一种观点认为是曹雪芹著，无名氏续，程伟元、高鹗整理。作者之谜也给《红楼梦》增添了一丝神秘。

　　曹雪芹（约1715—1763），一般认为其祖籍为唐山丰润。名沾，字梦阮，号雪芹、芹圃、芹溪。他出身于贵族世家，曾祖曹玺、祖父曹寅、父辈曹頫等祖孙三代人，相继连任江宁织造达60年之久。康熙皇帝六次南巡，就有四次以江宁织造署为行宫。由此可见曹家的显赫以及与皇室的密切关系。雍正继位后，开展了一场凶残的斗争，排除异己，曹家也被牵连了进去，还被革职抄家，曹家

从此衰落。到了乾隆初年，曹家似乎又遭到一次更大的祸变，从此就一败涂地了。"生于繁华，终于沦落。"曹雪芹体验到了家族由盛转衰的无情和困苦，看到了封建贵族家庭不可挽回的颓废之势。他将自己的人生体验融入《红楼梦》中，很大程度上，在《红楼梦》中都可以看到曹雪芹的影子。

《红楼梦》在情节设置上改变了以往小说以情节或人物单线发展的特点，而是塑造了一个宏大而又完整自然的艺术结构，使众多的人物、情节贯通于一个时空之中。它以贾宝玉、林黛玉的爱情为主线，以他们争取爱情自由和个性解放的思想同封建制度、封建礼教的矛盾为线索，通过对"贾、史、王、薛"四大家族荣衰的描写，展示了广阔的社会生活视野，森罗万象，对琴棋书画、诗词曲赋、制艺尺牍、医药卫生、园林建筑、家具器皿、服饰摆设、烹调饮食等都有细致的描写。《红楼梦》不是个人的爱情悲剧，而是家族的没落衰败，是历史的一面镜子，是封建社会走向衰亡的缩影。红楼梦的伟大之处就在于在这家谱式的小说里，他大胆地揭露了君权时代外戚贵族的奢淫生活，指出他们种种虚伪、欺诈、贪心、腐朽以及心灵和道德的堕落。

曹雪芹纪念馆

《红楼梦》对人物的塑造更为传神，书中涉及的人物从皇亲国戚、贵族官僚，到丫鬟小厮、僧道商农，几乎涵盖当时中国社会各个阶层。这些人物形象，各自具有独特的个性特征，成为不朽的艺术典型：贾宝玉叛逆，他的行为偏僻而乖张，是古代社会的叛逆者；林黛玉生性孤傲，多愁善感，才思敏捷，是宝玉反抗封建礼教的同盟军，是自由恋爱的坚定追求者；薛宝钗大方典雅，举止雍容，待人处事圆滑，在与贾宝玉和林黛玉的情感纠缠中成为封建制度的牺牲品；史湘云心直口快，开朗豪爽，心怀坦荡；王熙凤精明强干，为人处世也十分圆滑周到，但却落得一个悲惨的结局；还有贾家那些昏庸顽固的官僚，骄奢淫逸的纨绔子弟们，曹雪芹也毫不留情地勾画出了他们虚伪、淫奢、阴险、腐朽的形象，一一展现给了读者们……

《红楼梦》的语言艺术成就，更是代表了我国古典小说语言艺术的高峰。作者往往只需用三言两语，就可以勾画出一个活生生的、具有鲜明的个性特征的人物形象。作者笔下每一个典型形象的语言，都具有自己独特的个性，从而使读者仅仅凭借这些语言就可以辨别人物。

文化内涵是《红楼梦》给后人留下的宝贵财富。《红楼梦》是一部文化典范，是对整个中国古代文化的回顾、总结、浓缩和艺术的表现，是中国封建社会生活文化的集大成者。书中用很大的篇幅描写了封建大家庭的日常生活，其中包括饮食文化、节日文化、佛教文化、戏曲文化、服饰文化、家庭文化、法律文化、宴饮文化、礼仪文化、寿辰文化、丧嫁文化、书画艺术文化、茶文化等等，《红楼梦》所含的文化积淀已经成为民族传统文化的化石和标本了，这是中国其他任何一部小说都难以达到的成就。

四、李汝珍与《镜花缘》

李汝珍（1763—1830），字松石，号松石道人，直隶大兴（今属北京）人，人称北平子。李汝珍是清代著名小说家，少年时师

李汝珍纪念馆

从凌廷堪学习古代礼制、乐律、历算、疆域沿革等。由于李汝珍对八股文不屑，导致他终生不达，最大的官做过河南县丞。但他学问渊博，精通文学、音韵、围棋、象纬、篆隶等，著有音韵学著作《李氏音鉴》、围棋专著《受子谱》。

李汝珍平生最大成就是写成名著《镜花缘》。此书是他"消磨三十多年层层心血"而写成的。《镜花缘》自出版问世以来，一直受到各方关注。鲁迅、郑振铎、胡适、林语堂等大家对它都有研究，评价颇高。鲁迅在《中国小说史略》中称之为能"与万宝全书相邻比"的奇书。《镜花缘》还被译成多国语言发行于世界各地，从而引起了国外学者对此书的关注，苏联女汉学家费施曼说该书是"熔幻想小说、历史小说、讽刺小说和游记小说于一炉的杰作"。

李汝珍在板浦（今江苏连云港）生活了30多年，创作了《镜花缘》。为了纪念李汝珍，板浦镇在镇中心建了一座"李汝珍纪念馆"供人瞻仰。纪念馆采用仿古建筑形式，馆内正堂塑有李汝珍半身雕像，馆内陈列着与之相关的文物及《镜花缘》各种版本和国内外研究《镜花缘》的成果资料。

《镜花缘》被誉为中国版的《格列佛游记》，可与《西游记》《封神榜》相媲美，究竟是怎样的一部小说能有如此魅力呢？

《镜花缘》全书共100回，前6回是"楔子"，写蓬莱山上有一百花仙子，总管天下名花。百花仙子在王母娘娘寿宴上得罪了嫦娥仙子，与其立誓说："百花开放须奉玉帝之命，如果百花在不应开放的季节里开放，则甘愿坠入凡间，受一世劫难。"后来心月狐要下凡时，嫦娥特地告诉她，要让百花齐放，以显威名。心月狐投胎成为武则天。一年冬天，武则天饮酒赏雪，乘醉下诏，命百花齐放，百花仙子不在洞府，众花神不敢违抗诏令，只得开放。因此违犯天条，被

动画片《镜花缘》

劾为"逞艳于非时之候，献媚于世主之前，致令时序颠倒"。于是玉帝把百花仙子及其她花仙贬到人间，百花仙子托生为秀才唐敖之女唐小山。

第七回到第五十回写秀才唐敖和林之洋、多九公三人出海游历各国及唐小山寻父的故事：唐敖仕途不顺，意懒心灰，看破红尘，抛妻别子跟随妻兄林之洋到海外经商游览。一路上，他们路经君子国、大人国、劳民国、智佳国、黑齿国、白民国、淑士国、两面国、女儿国等20多个国家，见识了许多奇风异俗、奇人异事、野草仙花、奇鸟异兽，并且结识了由花仙转世的十几名德才兼备、美貌妙龄的女子。后来，船遇到风暴，来到了小蓬莱。唐敖独自上山不归。唐小山得知父亲失踪，便跟随林之洋出海寻父，途中遍历艰难，终于到达小蓬莱山。小山从一樵夫手中得到唐敖亲笔信，命小山改名"闺臣"，回国应考，考中才女，再行相聚。

后五十回主要写武则天开女科考试，录取了100名才女。众才女

举行红文宴，各显其才，表演了书、画、琴、棋，赋诗、音韵、医卜、星相、算法，各种灯谜，诸般酒令，以及双陆、马吊、射鹄、蹴球、斗草、投壶，各种百戏之类，宴罢尽欢而散。唐闺臣再次去小蓬莱寻父，入山登仙。其中的最后六回是"尾声"，写到徐敬业、骆宾王等人的儿子联合起兵讨伐武则天，在仙人的帮助下，他们打败了武家军队设下的"酒、色、财、气"四大迷魂阵，拥立唐中宗继位。武则天仍被尊为"大圣皇帝"，她又下诏，来年仍开女科，并命前科百名才女重赴"红文宴"。

《镜花缘》全书充满了奇思妙想，然而首尾却以武则天执政、徐敬业起兵、唐中宗继位等史实为线索，虚实结合，亦真亦幻。《镜花缘》包含了许多进步思想，例如在小说中通过对开设女科考试，众才女各显其才的描写，批判了男尊女卑的封建思想，是对女子社会地位的认可和提升。

李汝珍凭借丰富的想象、幽默的笔调，运用夸张、隐喻、反衬等手法，创造出了形色各异的国家，这些国家或是作者对理想的寄托，或是对品质恶劣和行为不端的人们的嘲讽。"女儿国"中，男子反穿衣裙，作为妇人，以治内事；女子反穿靴帽，作为男人，以治外事。女子的智慧、才能都不弱于男子，从皇帝到辅臣都是女子；"君子国"是个好让不争的礼乐之邦，城门上写着"惟善为宝"四个大字。君臣谦恭和蔼、平易近人，使人感到可亲可敬。百姓互谦互让，无论富贵贫贱，都要恭而有礼；在"白民国"，装腔作势的学究先生，居然将《孟子》中的"幼吾幼，以及人之幼"读作"切吾切，以反人之切"，这样的不学无术之辈，又是视钱如命，尽想占便宜的唯利是图者；"淑士国"到处竖着"贤良方正""聪明正直"的金匾，各色人等的衣着都是儒巾素服，他们举止斯文，满口"之乎者也"，然而却斤斤计较，十分吝啬，酒足饭饱后连吃剩下的几个盐豆都要揣到怀里，即使一根用过的秃牙杖也要放到袖子里；"两面国"的人天生两面脸，对着人一张脸，背着人又是一张脸。即使对着人的那张脸也是变化无常，对儒巾绸衫者，便和颜悦色，满面谦恭光景，对破旧衣衫者，冷冷淡淡，话无半句；"无肠国"里富翁刻薄奸邪，用粪做饭供应奴仆；"穿胸国"的人心又歪又恶；"翼民国"的人头长五尺，都因好听奉承而致；"结胸国"的人胸前高出一块，只因好吃懒做。除了这些，小说中还有许多荒诞离奇的事情，这不仅仅是作者大胆的想象，更是作者对现实的映射。

第七章　清代河北书院与"莲池学派"

古代的书院不仅承载着教书育人的职能，同时也对学术的发展有着深远的影响。清代的书院推动了文学的发展。清朝时期著名的散文学派"桐城派"就是通过书院逐渐发展传播下去的。在戴名世、方苞、刘大櫆、姚鼐、曾国藩、张裕钊、吴汝纶、王树楠、贺涛等一代代文人的影响下，桐城文派逐渐发展壮大，并且将这股文学潮流吹到了河北的大地上，在河北的书院中生根发芽，形成了著名的"莲池学派"。

一、蓬勃发展的河北书院

书院是中国古代一种特殊的教育机构。燕赵大地，历史悠久，人才辈出，文化教育事业的发展也一直处于较高水平。河北书院自唐朝起，兴于宋朝，元朝衰退，明朝复兴，于清代进入了鼎盛时期。清代河北书院如雨后春笋般涌现，无论是在数量上还是在规模上都达到了空前水平。

清代书院空前发展的原因主要与当时的社会背景、经济发展和清政府政策有关。清朝初年，清政府为了巩固封建统治根基，在思想上实行残酷的高压政策，制造了文字狱等禁锢人们思想的封建专权活动。到了雍正时期，政权相对稳固，汉族知识分子在朝中仍占多数，这些知识分子大多为书院培养，所以为了拉拢汉族知识分子，清政府逐渐放开了对书院的禁令。清朝时期出现了"康乾盛世"的局面，使清朝的经济政治文化都有了很大的发展。康熙皇帝十分注重民本思想，颁布了一系列的政策，例如禁止圈地、限制旗人特权、减轻徭役、奖励垦荒等。河北具有得天独厚的地理位置，而这些政策直接刺激了河北地区人口以及土地的增长，随之而来的农业、手工业也不断壮大，雕版印刷等技术的提高使得许多书院有能力刊印书籍，并且向民间普及文化和教育活动，为清代河北书院的壮大积蓄了力量。晚清时期，西方列强侵略中国，引起了日益激烈的社会矛盾。清代洋务派李鸿章、曾国藩等人企图利用西方先进技术来达到自强求富的目的。在西方文明和中国自己寻求出路的双重冲击下，作为思想文化传播的载体之一的学院也汇入在了改革的潮流之中。所以在晚清时期，一批新式书院诞生，使河北书院的数量大幅度增加。

据统计，清代河北共有172所书院，在全国各省之中排名第8，这些书院几乎覆盖了河北的各个城市。由于地理位置、地域文化的差别，河北书院呈现出不均衡的分布状况，其中以保定、石家庄、邢台、邯郸分布数量最多。清代河北书院主要是以官办为主，政府将书院的控制权揽在手中，从而来控制学院知识分子的思想。而官方力量的介入，也为河北书院的经费和制度提供了保障，产生了许多规模宏大的书院。

位于河北保定的莲池书院就是其中一个。莲池书院，又称"直隶书院"，雍正十一年由时任直隶总督的李卫奉旨创办，属于官办的省级书院。莲池书院自创建以来就得到了清政府的高度重视，随后逐渐发展成为中国北方最高学府，直到1903年停办，先后存在长达170年之久。特别是乾隆帝，曾三次"幸临"书院，并赐匾题诗

保定莲池书院

勉励师生。莲池书院一时间名满天下，成为"全国书院之冠，京南第一学府"。莲池书院作为最高文化教育中心，不仅统治者重视它，文学名士也以在莲池书院授课为荣。桐城文派在书院生根发芽，逐渐形成了以吴汝纶、张裕钊、王树楠为主讲的"莲池学派"。

清代各省书院中的讲席者众多，而从书院中培养出来的学者亦多，书院对清代学术起到了不小的助推作用。

光绪二十七年，慈禧太后颁布诏令，各省所有书院于省城均改为大学堂，各府及直隶州均改为中学堂，各州县改设小学堂。莲池书院也于光绪二十九年停办，历经170年历史。包括河北在内的全国各地书院最终伴随着封建统治政权的消逝而黯然退出历史舞台，书院的改革是历史发展潮流的必然趋势，虽然历史的车轮无法倒退，但是清代书院为河北的文化教育发展却做出了不可磨灭的贡献。

二、经久不衰的"桐城文派"

如果想要了解河北地区的"莲池学派"，那么就一定要从"桐城文派"说起。

桐城文派是我国清代文坛上最大的散文流派，亦称"桐城古文派"，也称"桐城派"。桐城派理论体系完善，创作特色鲜明，文论博大精深，著述丰厚清正，活跃于清代文坛长达200多年，在中国古代文学史上占有显赫地位，其作品在国内外都产生了广泛而深远的影响，是中华民族传统文化中的一座丰碑。

桐城派以安徽省桐城这个地名而命名，主要因为其早期重要

桐城文派代表人物画像

作家皆为桐城人，桐城被誉为"文都"，主要是因为桐城派在清代时期的极大影响力。但是，在桐城派发展早期，并没有旗帜鲜明地使用桐城派这一名字。戴名世是桐城派的先驱者，方苞是桐城派的开创者，方苞、刘大櫆、姚鼐被尊为桐城派"三祖"，戴名世、方苞、刘大櫆从未以"天下文章在桐城"自居，姚鼐虽然在文章中提过"天下文章其出于桐城乎"，但也未明确言"派"。而正式打出"桐城派"旗号的，是道光、咸丰年间的曾国藩，他在《欧阳生文集序》中提到了"桐城派"。自此，以桐城地域命名的"桐城派"应运而生。

戴名世（1653—1713），桐城派的先驱者，为什么说他是先驱者呢？这是因为他隶属桐城，其一生的主要成就都在古文创作方面，他生前为了完成"振兴古文"的历史使命，对古文创作提出了一系列颇为新颖、可取的理论主张。他要求为文要"率其自然而行其所无事"，在散文创作上主张"道、法、辞三者兼备，精、气、神三者浑一"，从内容、形式乃至艺术风格上为方苞、刘大櫆、姚鼐文论提供了弥足珍贵的依据，也可以说是"三祖"文论的直接源

头。梁启超在《中国近三百年学术史》中，明确指出戴名世"是一位古文家，桐城派古文，实推他为开山祖"。戴名世还是方苞的前辈、好友，在戴名世的谆谆教诲、长期帮助下，方苞的文论才取得了一定的成绩。如果不是《南山集》案发，桐城派的开创者或许就是戴名世了。因《南山集》案，他只留下282篇正气凛然的古文作品，但他作为桐城派的先驱者却是名副其实的。

方苞（1668—1749），字凤九，一字灵皋，晚年自号望溪，桐城人，在清代乾隆时被誉为"一代文宗"，是桐城派的创始者。

方苞著有《周官集注》（13卷）《周官析疑》（36卷）《礼记析疑》（46卷）等，治学宗旨，以儒家经典为基础，尊奉程朱理学，日常生活，都遵循古礼。方苞首创"义法"说，提倡"道""文"统一，他认为文章要反映客观现实，结构要井然严谨，行文要清真雅洁，可以看出方苞与戴名世的文学主张是一脉相承的。并且方苞的"义法"说被视为"凡文之愈久而传"的根本法则，是集古今文论之大成，为桐城派散文理论奠定了基础。后来桐城派文章的理论，即以方苞所提倡的"义法"为纲领，继续发展完善。

刘大櫆（1698—1779年），字才甫，一字耕南，号海峰，桐城人。他终生以教书为主要职业，与方苞、姚鼐是承上启下的师生关系。刘大櫆年轻时入京，当时他的同乡方苞以古文负一时众望，见刘大櫆文，极为赞赏。他被方苞称赞为奇才，极力推崇，多方提携，所以刘大櫆对恩师方苞十分敬仰。刘大櫆的《论文偶记》一书，在方苞"义法"说的基础上，进一步探求文章的艺术性，主张"神气"说。他认为文学是语言的艺术，要以语言艺术来体现文章的"神气"。因而他是对方苞"义法"说的补充，也是对戴名世"精、气、神"的继承，从而丰富了桐城派的文学理论。

姚鼐（1732—1815），字姬传，一字梦毂，室名惜抱轩，世称惜抱先生、姚惜抱，桐城人。姚鼐幼时十分好学，伯父姚范授以经文，又从刘大櫆学习古文，刘大櫆对姚鼐特别器重，称其"时甫冠带，已具垂天翼"。桐城派古文，自方苞以文章称海内，刘大櫆继之，传至姚鼐则集大成，形成了完整的理论体系。因此有"桐城家法，至此乃立，流风作韵，南极湘桂，北被燕赵"之说。姚鼐耗尽心血编纂的《古文辞类纂》共75卷，是古文辞赋选本，所入选的作品以《战国策》、两汉散文、唐宋八大家，以及归有光、方苞、刘大櫆

姚鼐画像

等为主，表明了桐城派推崇古文的传统，为桐城派树立了散文史"正宗"的地位。姚鼐在继方苞、刘大櫆已有成就的基础上提倡文章要"义理""考据""辞章"三者相互结合。所谓"义理"是指程朱理学；"考据"是对古代文献、文义、字句的考证；"辞章"是说写文章要讲究文采：这些主张充实了散文的写作内容。姚鼐对传统文论的另一重大贡献是他提出富有创见性的"阴阳刚柔说"，

姚鼐书法

这对我国古代散文审美理论和风格特征是一次重大突破。他认为，"文章阴阳刚柔的变化，乃是作者性格、气质、品德的表现"。姚鼐在发展前辈的文学思想上，用阴阳刚柔这个哲学概念来解释文章风格的来源和散文的风格特点，其中包含着朴素的唯物论和辩证法思想。

自乾隆四十九年起，姚鼐辞去官职。他希望腾出时间来提倡桐城派主张，于是开始了他四十余年的讲学生涯。姚鼐先后主讲扬州梅花书院、安庆敬敷书院、歙县紫阳书院、南京钟山书院，致力于教育，因而他的弟子遍及南方各省，例如他的杰出弟子方东树、姚莹、梅曾亮、管同、刘开等。桐城文派能绵延二百余年，其中一个很重要的原因就是靠书院讲学来传衍。

自姚鼐之后，桐城派的传播代有人豪，虽然后来桐城派的作家并不都是桐城人，如梅曾亮、管同、曾国藩、张裕钊、林纾等，但他们确实也为桐城古文的传播立下了不小的功劳。不得不提的人物就是曾国藩。曾国藩自称论文师从方苞、姚鼐，为文义法也取自桐城派。但他颇不满于某些桐城末流文章的拘谨平淡，因此在文章表现的内容上强调了经世致用。在文章的表现形式上，则吸取了汉赋的优点，高洪雄健，呈现出阳刚之美。曾国藩大力推行和发展桐城文派，所以，曾国藩实有中兴桐城派的功劳。桐城派"中兴大将"曾国藩的"四大弟子"为张裕钊、吴汝纶、黎庶昌、薛福成。张裕钊、吴汝纶、王树楠等人把桐城文派引到了河北，并且通过书院讲席的形式使之开花结果。桐城文派在河北传播的中心地区就在河北保定的莲池书院。

三、教育文化的传播者"莲池学派"

晚清时期，桐城派的中心由南转向北，使河北的莲池书院成为晚清传承桐城派文学的根据地。曾国藩弟子张裕钊、吴汝纶起到了功不可没的作用。

张裕钊（1823—1894），字廉卿，号濂亭，湖北武昌人，晚清官员、散文家、书法家、教育家，其书法独辟蹊径，融北碑南帖于一炉，创造了影响晚清书坛百年之久的"张体"，被康有为誉为是"千年以来无与比"的清代书法家。张裕钊并不热衷于政治，而是致力于教育、文学和书法的研究。张裕钊在京供职两年，目睹官场腐败，以书文自娱，后弃官南归。自1871年起，张裕钊先后主讲于江宁（今南京）凤池书院、保定莲池书院、武昌江汉书院、襄阳鹿门书院。他一生桃李满天下，有范当世、张謇、

张裕钊书法

姚雪臣、朱铭盘等多人。许多门生后来成为学者、诗人、散文家、书法家和实业家，在政界文坛各负盛名，卓有成就。张裕钊常与吴汝纶等同僚切磋讨论文学，他主讲莲池书院时，曾受到南宫县邀请，撰写《重修南宫县学记》，并呈给吴汝纶，请其批评指正。现在，南宫县还多次举办张裕钊流派书法展。

吴汝纶（1840—1903），字挚甫，一字挚父，桐城人，晚清文学家、教育家。吴汝纶曾任深州、冀州知州。在深州任上，他发现那里的学田被豪强侵占，教育经费无着。他不畏权势，毅然追回学田的赋税收入，作为书院经费。他还把这个州3个县的高才生集中

张裕钊文化园

吴汝纶

到书院，亲自登堂授课，时间长了，以致人们都忘了他是州官，而尊称他为"大师"。在冀州，他经常邀请当地贤达，讨论地方治理，不仅使滏阳河千亩贫瘠的卤田变成膏腴的良田，还便利了商旅交通，受到人们的称赞。

光绪十四年，张裕钊转任江汉书院教习，吴汝纶向直隶总督李鸿章毛遂自荐，辞去冀州知州，接任莲池书院山长之职。在主讲莲池书院之初，他以举业作为中心内容来加以传授，其主旨是为科举考试服务的。但是到了甲午中日战争以后，吴汝纶开始怀疑科举制度的内容和效果，于是在这所古老的书院中开始了他对教育的改革、探索。吴汝纶的思想比较开通，主张研习西学。他一生致力于教育，又深谙教育规律，而且对中国教育现状及外国的教育状况有深刻的认识，因此，他认为中国的教育不能仅仅是小修小补，而应该是一个破旧立新的过程。不破旧不足以转变社会风气和士人的思想观念，不立新不足以培养"经世致用"的合格人才。于是，吴汝纶开始了他大刀阔斧的教育改革历程。他特聘英文、日文教师教授外文，改进教学方法。国内慕名求学的青年很多，严复、林纾、马其昶、姚永朴、姚永概、李光炯、房秩五等人都受过教益，严复修改《天演论》时，便约请吴汝纶为之作序。当时住在北京城的日本和西方文人学者也常去保定向吴汝纶请教，相互切磋。特别是日本教育界人士与他来往频繁。他们之间的相互交流，促进了吴汝纶对西学的了解，萌生了兴办新式学堂的主张。于是他开始筹建桐城学堂，即今天的桐城中学前身。

在书院的众多弟子中，王树楠和贺涛的学术较为卓著，并且继承和发展了桐城文派，推动了"莲池学派"的壮大。

王树楠，字晋卿，号陶庐老人，祖居雄县，后迁新城（今属河北保定）。曾国藩曾聘请王树楠的祖父王振刚主持莲池书院，王树楠便随读院中。王树楠青年时钻研辞章，爱好骈俪之文。后于保定莲池书院结交了张裕钊、吴汝纶，便开始注重古文。但他对桐城派并不依傍门户，屈就师承。而是在文章写作上意象雄浑，颇具阳刚之美，有时也取法归有光，但总能有所变化，于平淡之中出波澜，声情之外有远韵。所以在直隶文坛异军突起，声名颇著。张裕钊、吴汝纶都认为他的经学罕见，并不将其视为弟子。

贺涛，字松坡，河北武强人。他曾主讲信都书院，调冀州学正，曾在莲池书院停办后，于旧址创办的"保定文学馆"任馆长。吴汝纶在深州做知州时，修纂《深州风土记》，贺涛叔父任采编，曾追随吴汝纶30年。在深州，吴汝纶见贺涛所作《反离骚》，非常惊喜，便将所学尽数传授与他。张裕钊执掌莲池书院时，吴汝纶又使贺涛受学于张裕钊。在莲池书院的几年，贺涛勤奋努力，文采过人，二人对贺涛都欣赏有加。吴汝纶对贺涛予以厚望，当他离开莲池书院时，便举荐贺涛作为书院主讲。贺涛弃官居馆二十年，为弟子诵讲不辍。贺涛为文，在桐城派义理、考据、辞章三者中，尤其注重辞章，他认为，文章的情感、词汇、义法、内容都要依靠声与气。因为情感、词汇、义法、内容都可以向前人模仿，但只有声气不能模仿，是作者自己的精神意象。贺涛作为清末桐城派的承继者，为莲池书院增色不少。

莲池学派是晚清乃至民国时期传承燕赵文脉的重要流派，经过一代又一代文人学者的大力推动，才有了莲池学派相承六代、绵延近百年的不朽成就。